日本轻文库

第六个小夜子

六番目の小夜子

[日] 恩田陆 著
娄美莲 译

人民文学出版社
PEOPLE'S LITERATURE PUBLISHING HOUSE

著作权合同登记号　图字 01-2018-8956

图书在版编目(CIP)数据

第六个小夜子/(日)恩田陆著;娄美莲译. —北京:人民文学出版社,2020
(日本轻文库)
ISBN 978-7-02-015015-1

Ⅰ. ①第… Ⅱ. ①恩… ②娄… Ⅲ. ①长篇小说-日本-现代 Ⅳ. ①I313.45

中国版本图书馆 CIP 数据核字(2019)第 019068 号

责任编辑　**甘　慧　周　洁**
装帧设计　**李　佳**

出版发行　**人民文学出版社**
社　　址　**北京市朝内大街 166 号**
邮政编码　**100705**
网　　址　**http://www.rw-cn.com**

印　　刷　**上海盛通时代印刷有限公司**
经　　销　**全国新华书店等**

开　　本　**890 毫米×1240 毫米　1/32**
印　　张　**7.5**
字　　数　**152 千字**
版　　次　**2020 年 7 月北京第 1 版**
印　　次　**2020 年 7 月第 1 次印刷**

书　　号　**978-7-02-015015-1**
定　　价　**45.00 元**

目　录

序　章

听说过这个游戏吗？

首先准备几张扑克牌。如果有八个人玩就准备八张，里面要包括一张黑桃J和一张大怪。接着把八张牌里朝下，每人各抽一张。抽到黑桃J的人就是“侦探”，抽到大怪的就是“犯人”。来！你也来抽一张吧！抽到“侦探”的人要表明身份，抽到“犯人”的不可以让人知道。一切准备就绪。

那两张牌似乎都不在你手上。接下来，八个人坐在一起，让大家能看清楚彼此的脸，听得见对方讲话。要坐得舒服，彼此的距离要感觉亲密但又有点疏远。现在，大家开始闲聊吧。内容不拘。昨晚看的电视节目也好，电车里的怪叔叔也好，朋友B君是怎么找到男友走失的猫……反正随便抓一个对象，开始漫无目的地跟他谈天说笑。不过，在聊天的时候，一定要紧盯着对方的脸。而且不是单单只和一人说话，你必须和所有参与游戏的人一一聊天。

八个人聊成一片，气氛融洽。突然间，那个原本满脸笑容和你说话的人，使劲朝你使了个眼色。没错，这个人就是“犯人”。那一瞬间，你已经被他“暗杀”了。可是被害人一定得放过“犯人”。你必须在心中慢慢数到五，然后大叫一声“我死了”。

这时游戏暂时中止。“侦探”必须环视在场的人，指出“犯人”是谁。如果一次猜不中的话，游戏就继续进行。八个人假装什么事都没发生，继续聊天。直到“犯人”被“侦探”逮到，游戏才算结束。

我们学校有个“活动”，和这游戏有点相似。

它是从什么时候开始，又是由谁起的头，都不是很清楚，但是每三年一定会举办一次。

这是个无聊的惯例，没什么特殊含义，就算按照规定行事，也没人因此受表扬或得到夸奖。尽管如此，这个“活动”还是继续举行。

这个“活动”套用刚刚介绍的游戏，抽到“犯人”的人就称为“小夜子”。只有小夜子本人，以及指派小夜子的上届小夜子才知道这一届的小夜子是谁。

继任的小夜子将在上届小夜子毕业典礼的当天进行交接。据说在校生为毕业生献花的时候，被选为下届小夜子的人会接到指示。继任的小夜子在四月开学典礼的那天早上，要在自己的教室插上红花，表明自己同意成为小夜子。红花出现的瞬间，那一年的游戏即宣告开始。

小夜子的任务只有一项，一整年也就那么一项。那就是只要不被人识破自己就是小夜子，那一年就会有“好兆头”，那一年的小夜子就算赢了。

我们毕业的那年被称作“第六个小夜子年”。而且，那一年充斥着不可思议的征兆，还引发了一连串骇人的事件。

“第六个小夜子年”，故事就从四月开学典礼的那天早晨说起。

第一章

春之章

那天早晨，他们安静地屏息以待。

春天特有的、透着寒意的柔和阳光忽隐忽现，厚厚的云层笼罩在他们头顶，时而低垂，时而投下一道黑影，缓缓飘移着。

这景象很符合大家骚动不安的心情。

从外表看上去，他们是如此苍白、没有色彩，几乎让人以为他们没有在呼吸，然而在那瑟缩的皮肤底下，新鲜、温热的血液正奔流着。

他们的脚下，水量略增的河川正不疾不徐地流着。或许是因为这条河的关系，如果从空中往下望，能看到的是一座由窄桥连接的孤岛。他们一直待在那座孤岛上，那是他们勾勒未来梦想的根据地，是他们的王国。

他们守在那里，等待“她”的出现。

一直以来都是如此，现在也是。

等待着样貌不详、姓名不详、未曾谋面的“她”。

早晨的学校为何感觉如此清新？仿佛一切罪恶都被遗忘了，“她”心想。空气就像天真无邪的孩童充满元气，生机盎然的宁静让毛孔尽情舒张开来，那感觉就像是听到动人的音乐。

然而，“她”的脸色却是如此苍白，“她”快要被自己心脏狂跳的声音逼疯了。

被赋予这个使命，让“她”几乎昏厥过去。一想到接下来漫长的一年，儿时夜里气喘发作的景象又鲜明地掠过脑海。那是即将发作时，一种交杂着确信、放弃、绝望的预感。

大家——在此之前的所有小夜子们——都是怀抱着这说不清是害怕还是兴奋的复杂心情，凭自己的力量走过来的吗？

事实上，之前的五位小夜子里，有三个人失败了，三人中的其中一位因为太过恐惧，泄露了自己是小夜子的身份；有一位则什么也没做，没人发现她是小夜子，她也毫无作为。偏偏这位沉默的小夜子把钥匙交到了自己手中……

“她”紧握着手里的花束。绑在一起的花茎，感觉就像铁丝般坚硬、冰冷。

为什么非这么做不可呢？

“她”再度思索这个已经想过上万遍的问题。为什么这个惯例要一直延续下去呢？最初的那位小夜子到底为什么要开这个先例呢？

“她”好像做了什么亏心事似的，东张西望、偷偷摸摸地走进大门。

老旧的校舍从正门望进去显得异常昏暗，跨进去的瞬间几乎什么都看不到。脚才落地，鞋柜里的霉臭味立刻扑鼻而来，让人真实地感受到，隔了几周，吵吵闹闹的学校生活又回来了。然而，嗅着这股熟悉气味的同时，“她”还闻到了别的味道。那味道和老旧、充塞霉味的校舍完全沾不上边，是种甜美馥郁的香味。

花香？

“她”一度以为自己身在梦中，然而，就在下一秒钟——

哐当的声响传来。

“她”突然紧张了起来。在这时候被瞧见，无异于告诉别人自己就是小夜子。因为会在这一天、这个时候，拿着花束的人，就只有小夜子而已。

无论如何，“她”都不想让还没开始的游戏就这样结束。即使现在，害怕得心脏都要爆炸了，也是一样。因为一旦如此，这往后的一年，不，就算是毕了业之后，“她”都将成为大家口中的“愚蠢小夜子”——才第一天就被识破的小夜子，“她”肯定会被贴上这样的标签。

不过，这家伙也未免太不懂规矩了。

想偷看小夜子、想打探小夜子的身份，在某种意义上是犯了禁忌，是可耻的——为什么？因为全校学生都是共犯。“犯人”绝对不能被抓到……

没来由的怒火倏地涌上心头。刚刚“她”还战战兢兢，抱着我不入地狱、谁入地狱的悲壮心情走过通往校门的桥呢。“她”朝着声音传来的方向快步走去。

空无一人的走廊和楼梯静悄悄的，透着寒意。

在二楼！

隐约听到有人穿着室内拖鞋啪嗒啪嗒走动的声音。脚步声颇为沉稳，不像是刻意隐瞒行踪的样子。

会是谁呢？新生吗？不会吧！

“她”忍不住蹑手蹑脚了起来。

唰——有水流动的声音。

躲在通往二楼的楼梯间，竖起耳朵倾听的“她”，沿着龟裂的墙壁，缓缓走上楼梯。

“她”看到楼梯上方敞开的窗户，窗外是春寒料峭的朗朗天空。风轻轻吹来，刚才闻到的那股甜香窜入鼻腔。

“她”缓缓步上楼梯，偷偷往二楼的走廊瞄去。

就在此时，“她”感觉心脏突然被人揪紧了一般。

一个长发女孩站在走廊正中央，笔直地朝“她”这边看。

简直像是她一直在等“她”，知道“她”在那头窥探着她。

“她”用力吞了口口水。

是张陌生的脸。身材苗条，有双黑溜溜的大眼睛，看起来十分聪慧，却带着邪气。

不是新生——对方年纪和自己差不多大。

最让“她”惊讶的是，那女孩手上捧着一束鲜红的玫瑰花。

那股甜香就是这束花散发出来的吧？但是为什么她会抱着红色花

束，在这个时间、这个地点出现呢？

该说点什么吧？正当“她”在脑海里搜索着适当的话语时，“她”看到少女手上拿着要插红玫瑰的花瓶，“她”整个人都僵住了。

那个……那花瓶……不就是“她”正要拿钥匙去取出来的花瓶吗？绘有红梅图案、洋溢着日本风、给人华丽印象的大花瓶，确实就是它。她是怎么拿到的？这女孩到底是谁？

面无表情地站着、一直盯着这头看的女孩，微微地笑了。那如花般的笑靥，换作平常，必然会让人觉得她是位非常美丽的少女吧？

但“她”已经被无法形容的恐惧夺去了意识。

“你也是来插红花的吗？”女孩缓缓说道。

不知道这句话又如何激起了“她”的恐惧。下一瞬间，“她”丢下手中的花束，仓皇逃离现场。脑中一片空白，仿佛有无数台钟在嗡嗡作响。楼梯仿佛溶化了，楼梯间好像隔着凸透镜看似的突了出来。“她”拔腿狂奔，逃离这扭曲变形的空间。

被留下的女孩一个人站在原地。

“怎么连招呼都不打？”少女喃喃自语。她低头看向脚边散落的红色郁金香，又看看自己手中的红玫瑰。

“可惜啊，这么漂亮的郁金香。”

背后的长发刷地披垂下来，遮住少女俯视的脸。再抬起头时，少女的脸又跟先前一样，不带任何表情。

盛开的樱花迎风微微摇曳。

花宫雅子缓缓朝校门口走去。

她不太喜欢春天这个季节。

新的班级，新的朋友，新的教科书，新的一年。新环境这件事本身对极度怕生的她来说，是一种困扰。讨厌大家还不熟、全班还没有向心力前的那种尴尬和紧张。再加上什么都得重新开始的压力——春天真令人头疼。

况且，今年已经是三年级了。让她这样的人得以在庇护下过日子的高中生活也只剩最后一年了。接下来，就得朝更宽阔的世界迈进不可。怀着茫然不安的心情，她的目光追随着轻轻摇曳的樱花。

为什么学校里会有樱花呢?

雅子突然想到这个问题。校园内总是有樱花。在这个国家，新的人事物总是和樱花一起开始。

她想起新生报到时的景象；想起穿着全新水手服，第一次走进校门时的感动。这所高中历史悠久，被誉为县内数一数二的名校，她一方面欣喜于能成为其中的一员，一方面又为自己能否顺利读完这三年而忧心不已。那一天，树龄超过百年的大樱花树也是如烟似雾地开着，壮观的景象跃入眼帘——伴随着新的记忆、新的书页，樱花带着某种感慨深深植入每个人的心中。

校门口两侧的告示栏上，张贴了新的班级名单，已经有一大群学生挤在前面七嘴八舌地讨论着。

在这个学校，一旦升上了三年级，就会依照志愿分成文科、理科各五个班级。此外，为了针对学生的第一志愿做密集复习，学校还会安排不同的课程表，学生就依据科目，前往各间授课教室。

雅子似乎要被满坑满谷的黑色校服和水手服给压扁了。

黑色和深蓝色的区块或聚或散，恣意地释放出能量。但这些区块似乎又秉持着相同的意念，蠕动着。

怎么会有学校这么奇怪的地方呢？同年龄的男生和女生一大群聚集在一起，排排坐在方方正正的小房间里。这是多么奇怪、多么得天独厚，又多么封闭的空间啊！

虽说都是学生，但高中生还是和大学生不一样。对她而言，大学生已经是成人了。他们已经被视为社会的一分子了。可高中生还待在不上不下的位置，只能用自己最脆弱的部位去迎战这个世界，就像是某种特殊的生物。这三年的时间和空间诡异地悬吊在半空中，而某样东西正悄悄接近这悬宕的不安。

“小雅！”

她的思绪被一名少女的声音打断。

“啊，是小容，早！”

“你和我同班哦！”

“咦？真好，太棒了！”

那是和雅子同属篮球队，而且感情最好的泽木容子。

相较于总是给人文静印象的雅子，容子的个子比较娇小，不过，自然卷的长发系着蓝色缎带，加上爽朗的容貌，感觉就是个活力充沛的女孩。

“我们是哪一班啊？”

“倒数第一的十班。”

“十班？”

容子拉着雅子的手，穿过人墙，挤到围满学生的告示栏前。

雅子有点忐忑不安地看着自己班级的名单，快速地先将女生部分浏览一遍。

嗯，嗯，大致看来还算妥当，没有讨厌的人同班。况且有容子在就天下太平了。男生的话……

雅子吃了一惊。因为她在名单里发现了某个名字，是男子篮球队、自己心仪的唐泽由纪夫。

“小雅，加油啰！”对此事略微有所察觉的容子用手肘抵了抵雅子的腰间。

“讨厌啦，小容！”雅子脸红了，突然间名单上的最后一个名字映入眼帘。

津村沙世子

“我想，唐泽绝对是喜欢小雅你的啦。他现在还不曾和哪个女生交往，肯定是对你有意思。”

“喂，我们年级有那个人吗？”

“又来了，你总是把话题岔开……啊？谁？津村沙世子？”

“我记得没有啊……”

全年级人数大约是四百人，女生约有一百五十个，因此升上三年级的时候，同年级的女生都已记得彼此的长相和名字了。

“名单是按照五十音的顺序排列的。特地写在最后面，不是上一届的，就是去留学的人。”

“可是，去留学的人不是要九月或十月才会回来吗？”

“是念 SAYOKO① 吧？话说回来，今年……”

有东西正从雅子的记忆深处慢慢成形、浮现。

“好了！差不多该进新教室了。九点一到开学典礼就要开始了。”

三年级的年级主任宫胁突然出现，发出沙哑的声音高喊道。随着他一声令下，学生们一哄而散，往教学楼跑去。

就在雅子换上室内便鞋，打算走进教室的那一瞬间，她感受到了“那种感觉”。

……咦？

每当新学期开始，要走进学校的时候，她都会产生一种像是要进入某种不寻常空间的朦胧感受，但这次的感觉比以往都更加强烈。

---

① 沙世子与小夜子的日语发音同为“SAYOKO”。

踏上通往新教室的楼梯时，“那种感觉”又回来了，像是一波波无声无形的波浪从遥远的彼方朝内心深处拍打而来。

“小夜子出现了。”楼梯上，某个和雅子擦身而过的人突然耳语道。

雅子猛然转身，并没发现说话的人，只看到一大群男生闹哄哄地走下楼梯。雅子的的确确听到了那个声音，那个像呼吸般细微的声音——她连对方是男是女都不确定。

小夜子出现了——这意味着什么？

三年级的走廊，学生们跑来跑去乱成一片。但是，雅子敏锐地感觉到眼前的混乱和平常不一样。

究竟怎么回事？

长长的走廊上并排着十间教室，灰色的直线一直延伸出去。在这单调乏味的景色中，每隔一段距离，就可看见一点一点的红。

“那是什么啊？”容子愣在一旁喃喃自语道。

“该不会是恶作剧吧？”

每间教室的门上，都有一朵倒放的红色郁金香，花茎的正中央用图钉固定住，简直就像在贴驱魔的符咒。

好像《阿里巴巴和四十大盗》。

雅子从郁金香前走过时这么想着。为了掩饰强盗在门上留下的记号，女主角在整条街的门上都画上同样的记号……

这么说来，今年……

从这层联想，一个想法又隐约浮上心头。

雅子和容子急忙往走廊尽头的三年十班教室跑去。

十班教室的门口并没有郁金香，不过，进入教室的两人还是停下了脚步。

讲台正中央放着一只花瓶，里面插满了盛开的红玫瑰。

“哇！好美……”容子天真地大喊道。

“是谁插的啊？好像是很贵的花。”

转眼间，容子已经朝教室后方那群对她招手的女生跑去，和她们聊起天来，花的事似乎一下子就被她抛在脑后，可雅子的目光并没有离开那束花。

就这样摆在讲台正中央——好像故意要让所有人看到似的，是在示威吗？这到底是什么意思？

啪！有人拍了一下她的肩膀。

“早！”

她吓得抬起头来，一脸和善的唐泽由纪夫就站在眼前。

“啊，早。”

“我们是第一次同班吧？”

由纪夫将书包放在桌上，露出雪白整齐的牙齿笑道。雅子心里小鹿乱撞。

“是，是的。”

“花宫同学那么聪明，相形之下我的愚蠢就更显露无遗了。”

“你又来了。”

“是啊，唐泽，你的愚蠢早就是公开的秘密了。赶快按座位号坐好！”

班主任黑川大摇大摆地走进教室。

黑川是教日本史的王牌老师，在这所高中任教已经十年了。这所公立高中是县内排名第一的明星学校，或许是因为这个缘故，年轻老师很少，教师几乎都是本地出身、我行我素、深谋远虑的老家伙。大部分老师和学生的感情都很淡薄，其中更以总是板着脸、绝口不提私事的黑川为怪人中的怪人。因为总是摸不清他在想什么、心情好不好、到底是开玩笑还是认真的，所以学生们都很怕他。健壮的体格加上黝黑的国字脸，总是穿着同一款式的夹克，说话时有个怪癖，就是习惯用中指和拇指捏着玳瑁色眼镜的镜框。

“噢，好漂亮的花！简直就像是为了欢迎津村准备的——是吧？”

黑川老师慢条斯理地转过脸去，一名少女走了进来。

这时，雅子又再度感受到“那种感觉”。就在那女孩走进来的当口，好像有什么瞬间变大的东西也跟着涌了进来。

“谁叫我们的转学生聪明又美丽呢——瞧，大家都看傻眼了。好了，赶紧回座位坐好。”

黑川好像在呼唤池塘里的鲤鱼似的，用力拍了拍手掌，学生们匆匆跑回各自的座位坐好。

哇！好漂亮！

雅子忘了刚才那种不舒服的感觉，只顾盯着站在黑川身旁的女孩看。

她的身材苗条，却不会给人骨瘦如柴的感觉，整个人洋溢着清爽的女性美。手脚修长，漆黑的秀发笔直披垂到肩膀下方，细嫩雪白的肌肤，盛着乌黑眼珠的大眼睛令人印象格外深刻，眉毛的弧线清楚分明，紧闭的双唇形状优美……

太美了！简直就像是从海报或电影里走出来的人。所谓的美女，就是像这样吧？真是太震撼了！照理说她应该很习惯被奉承，可是从她身上却看不到这类女孩常见的世故和老练，仿佛一点都不知道自己有多美丽，更平添了她的神秘感。这样的大美人却一点架子都没有，反而感觉十分平易近人……

雅子一边观察一边感到兴奋不已。虽然同是女生，却还是不自觉地看得入迷。在场的同学大概也有相同的感受吧？大家亢奋地吵成一团。

可是……雅子的内心同时在低语着。

班上有这么漂亮的女孩，唐泽该不会……

她瞄向由纪夫，发现由纪夫正目不转睛地看着站在前方的女孩。

不过，由纪夫此时心里想的，和雅子所担心的完全不同。

哇！原来现实生活里真有这样的女孩啊，男生们应该很高兴吧？话说回来，我们学校有转学生吗？虽说电视剧里是有这样的剧情，但就现实情况来说，像我们这种县内数一数二的明星学校，真的可以不经过考试就进来吗？（对了，曾听人家说过，我们学校曾经有过转学生，不过，有史以来就那么一个。）

虽然由纪夫不擅长复杂的逻辑思考，他的直觉还算敏锐，而他也一直相信自己的直觉。不知怎么搞的，打从第一眼看到这个过于完美的转学生起，他就觉得不太舒服。她走进教室，看到插着红玫瑰的花瓶，突然间，她露出了然于胸的神情，嘴角微微上扬，笑了。那一笑实在令人讨厌。

奇怪的女孩，怪人。

由纪夫在心里叨念着。

总觉得哪里不对劲。

除了他之外，还有另一名学生也对这名转学生抱持不一样的观感。

那是坐在由纪夫斜后方、名叫关根秋的男生。

壮硕的体格，俊朗的相貌，戴副无框眼镜，看上去一副聪明样。实际上，他的成绩的确名列前茅，是个早熟的男孩。

又来了，这是怎么回事！难不成今年的演出者会比预定的多？

当他看到贴在告示栏的班级名单时，就觉得奇怪。

SAYOKO①！今年的小夜子已经按照程序开始进行了，现在却出现了另一个 SAYOKO②。会有这种事吗？此时此地，为什么她会出现呢？

---

① 这里指沙世子。

② 这里指小夜子。

“我的名字叫津村沙世子。三月以前一直住在神户，由于父亲工作的关系，突然转来这所学校。虽然只有短短一年的时间，还是请大家多多指教。”少女的声音不疾不徐，清脆悦耳。

黑川在一旁补充道：“津村之前就读于神户的 N 高中，转学插班考试几乎各科都是满分。（教室内惊叹声四起，又是一阵骚动。）吵死了。啊，这花是谁插的？（教室内静悄悄的，没有人回答）——嗯？哎呀，也罢。谢啦！好，差不多该去参加开学典礼了。”

“她”脸色苍白地注视着津村沙世子。

“她”也在这个班级。

竟然会在同一个班！而且，花是她自己插的，她竟然一副事不关己的模样！她明明看向这边，跟自己目光相对了，却还在装傻……

今天早上“她”一路逃出校外，稍微调整呼吸后，又打起精神，再度回到校园，结果，眼前的景象令“她”大吃一惊。“她”抛下的郁金香被人用图钉稳稳地固定在每间教室门上。

这也是那女孩做的吗？到底怎么回事？如果她只是个转学生，为何要说那种话、做那种事呢？可是，今年的游戏已经开始了——是她让游戏开始的吗？那女孩也是今年的小夜子吗？竟然会有这种事……

“她”紧紧握住口袋里的钥匙。

“听说她之前念神户的 N 高中。”

“太神了，那学校进T大的录取率是全国第一呢。”

“都三年级了，才转来我们这种乡下地方，真可惜。”

“不过，总不能留她一个女孩子在家吧？”

“可是，现在上班族只身赴任的很多啊。”

“她看起来很聪明啊。”

开学典礼上，三年十班转来一个美丽转学生的消息一下子就传开了。也不知道有没有注意到大家都在打量她，津村沙世子兀自静静地站着。

雅子也在偷看津村沙世子的背影。那背影窈窕纤细、姿态优美，一头直发光泽亮丽，在她四周好像笼罩着一股不凡的气势。

读小学时雅子就很羡慕转学生。老师会特地把他们的名字写在黑板上，下课时大家也都围着他们。雅子那时候就觉得奇怪，为什么转学生大多都很优秀呢？像她这么美的女孩，就算转学也会过得很快乐吧？

雅子傻傻地看着，没想到津村沙世子却在这时把脸转了过来。在古老破旧的礼堂里，那雪白、洋娃娃般的漂亮脸蛋特别显眼，突然与她目光交接，雅子不由得吓了一跳。

惨了，我表现得那么明显吗？

雅子满脸通红。津村沙世子静静地望着雅子，露出美丽的贝齿，笑了。这灿烂如花的笑靥让雅子不禁怔住了。

哇！我还是第一次见到笑容如此美丽的女孩。

少女已经转过头去，眼前又只见美丽的黑发。雅子神色慌张地四下张望，刚刚的互动应该没有其他同学注意到吧？

她冲着我笑呢！

雅子完全被她的笑容迷住了。

春天的气候变化无常。

天边云幕低垂，不时地传来轰隆隆的雷声。

随着云层的移动，太阳一会儿露脸，一会儿又躲起来。

这所学校的建地据说原本是古城的遗址。樱花树好像为小丘上的操场镶框似的，种了一圈。其中有一棵赶在其他树木之前，早早绽放了。这棵樱花树的根部有一块不甚起眼、四四方方的黑色石碑。它被埋在凹凸不平的泥土和杂草堆中，上面刻有细细的文字，已难辨识。

石碑前面，站着一个女孩。

是津村沙世子。

她在那种地方做什么？

刚慢跑回来、完成篮球队最后一项训练的唐泽由纪夫，正打算登上通往活动中心的楼梯，就在此时，他注意到独自站在那儿的少女。

跑到这种地方来——难道是因为初来乍到，想在校园中探险吗？

湿湿凉凉的风吹拂着汗湿的背脊。

他的视力还算不错。眯起眼睛，他试图看清远方少女的表情。

太阳已经下山，风吹得活动中心的窗户格格作响，风势逐渐增强。

在旧木造的活动中心脏乱、阴暗、黑漆漆的墙上，有着以前的毕业生涂鸦或用刀刻画的痕迹。如果朝室内丢根点燃的火柴，肯定会马上烧起来吧？

这栋建筑呈“口”字形。“口”字形的内侧，隔出了园艺组的温室和花圃、生物组的观察池和百叶箱，从外圈的各个活动教室都能观赏到这儿的景致。加长的屋檐底下铺着石板，一下雨，地面就湿答答的。

大部分学生都回家去了，四周冷冷清清的，只有摄影组的房间还亮着灯。

关根秋坐在里面抽烟发呆。

在他身边，一只便宜的电热水壶正烧着开水，哔哔啵啵地发出含糊的声响。

叩叩。有人敲门。

“来——了。”秋急忙捻熄香烟，丢在水泥地上，用脚踩扁。

“有烟味哦，关根。”唐泽由纪夫嬉皮笑脸地走了进来。

“是你啊？早说嘛。真浪费，我才抽了几口。”秋一边咕哝着，一边惋惜地看着被踩扁的香烟。

“啊，水开了，水开了。我也来一杯咖啡，谢谢。”由纪夫粗鲁地扔下运动背包，跨上一张破长椅，一屁股坐下。

秋取出两只斑驳褪色的马克杯，咚咚地敲着奶精和即溶咖啡瓶的瓶身，摇出里面的粉末。

“又和你同班了。”由纪夫粗鲁地拿着汤匙在秋递过来的杯子里搅拌，弄得锵锵作响。

这两人不只家住得近，小学、中学、高中都念同一所学校，高中还同班三年。

“嗯。不过，今年应该会特别有趣。因为你终于如愿和花宫雅子同班了，我说得没错吧？”

“你可真多嘴。同班是很令人高兴啦，可是这下我脑袋不灵光的事就会被她发现了，真讨厌。在篮球队我可是很受大家尊敬的。”

“那种事早就人尽皆知啦。”

“你干吗学黑川讲话？”

“真好，有喜欢的女孩子，升上三年级还跟她同班。我好寂寞哦，干脆去追漂亮的转学生好了。”

忽然，由纪夫脸色一变。

“咦，你该不会也看上她了吧？”

“哼！”

“干吗？阴阳怪气的。”

“你不觉得那家伙很奇怪吗？”

愣了一下后，这次换秋一脸惊讶了。

“哪里奇怪了？”

“哪里奇怪嘛，我也说不上来，就是觉得不太舒服。话说回来，她为什么转到我们这种学校来？又为什么要转学呢？总之，就是觉得不对劲。”

这小子笨归笨，直觉倒蛮敏锐的。

秋打量由纪夫的眼神好像在看怪物似的。

“那家伙，绝对不是第一次来这里。”由纪夫一双天真无邪的眼睛直盯着秋看。

“什么？”秋吃了一惊。

“我练习完要回来的时候，看到她站在操场角落的那棵樱花树下。你猜她在干吗？她在笑，咧着嘴，一副很开心的样子。怎么说呢？那笑容实在很诡异，说不出的恶心——虽然她长得美，功课又好，不过，该不会‘这里’有问题吧？”由纪夫的手指在太阳穴附近绕圈圈比划着。

“你知道那棵樱花树下有块石碑吗？”

“咦？不知道。那是什么？”

“听说在那块石碑的背面写下‘我是今年的小夜子’，就算成功了。”秋重新点了支烟。

由纪夫一脸诧异地看着秋。

“今年的小夜子？”

“你啊，难道没听说过关于我们学校的古老传说吗？”

“什么传说不传说的，我是不清楚。啊，我想起来了，集训时学长曾跟我们讲过鬼故事，说是以前有个转学过来的女生病死了，后来阴魂不散什么的。”

“是有关系啦，却不是你听到的那样。你不知道小夜子的传说吧？”

“我没听说过。谁叫你们家三个小孩都就读我们学校，你知道的当然比我多，不过，我想其他人也未必知道吧？”

“是谁先起头的已经不可考了，只知道每隔三年就会推出一名小夜子。我哥那届的小夜子是第三个，今年是‘第六个小夜子年’。”

“‘推出小夜子’，是什么意思？”

“听说最初是由某个小团体发起的。所谓的小团体，就是校庆执行委员会。那已经是十五年前的事了。我们学校的校庆一连三天，第一天中午以前的活动只限本校学生参加，通常都是放映电影或办音乐会什么的。话说那一年要表演的节目始终无法敲定，不得已只好从校内公开募集。结果，有一出匿名的舞台剧剧本就这么脱颖而出了。那是一出名为《小夜子》的单人舞台剧，听说剧情安排十分特别。舞台正中央摆着一张课桌，课桌上鲜红的玫瑰花插在花瓶里，一名少女坐在课桌前方的椅子上，语气平静地述说着。”

由纪夫的眼前，突然浮现出今天早上摆在教室里的红玫瑰。

津村沙世子看着那束花，露出冷笑。

“插着红玫瑰的……”

“对，今天早上出现在我们教室的花瓶，就是以前演话剧用的那只花瓶。”

“什么?”由纪夫不禁打了个寒噤。

咚！他仿佛听到有人把那只大花瓶放到桌上的声响。

咚！咚！那声音在由纪夫的脑海里不停回响着。他想象少女两手捧着插满鲜花的花瓶，咚的一声，将它放到黑暗中的讲台上。她穿着绣有三条白线的水手制服，手以下的部位都看得到，就是看不到脸。不同的少女，相同的声响。三年前，六年前，九年前——光想到有这么多女生在互不相识的情况下，碰触过那只花瓶，就令人头皮发麻。

由纪夫努力赶走那令人反胃的画面。

“那只花瓶被锁在二楼走廊尽头的漆木柜子里。柜子的钥匙由各届的小夜子保管。”

“那个小夜子什么的，到底是怎么一回事?”

“唔……很难说得清楚啦。总而言之，演出少女独角戏《小夜子》的那一年，大学考试的录取率高得惊人。当然啦，考试和演戏是两回事，可是之后大家就认定上演《小夜子》的那一年会特别吉利。”

“真是莫名其妙的想法。”

“嗯，一开始是这样啦。”

“然后呢?”

“然后大家就期望‘小夜子’能再度出现。”

“期望‘小夜子’出现?”

“是的。那是三年后的事。那一年，又再次在校内征募演出的剧本，眼看期限就快到了，却始终没出现新剧本。于是，大家决定再演一次三年前的《小夜子》。啊，接着发生的事就是你刚才讲的那个从学长那儿听来的鬼故事的前身。公立高中很难得有转学生，可是那年四月，有一个女生转来我们学校，听说是个聪明而又活泼的女孩。那女孩对演戏很有兴趣，自告奋勇要演小夜子的角色，不过，我们学校已经有一个历史悠久的话剧社了。话剧社里，也有好几个人想演小夜子。于是，就决定办个简单的征选会。试镜选在周六放学后举行，被选中演出小夜子的人星期一早上会发现自己的桌上摆着一朵红玫瑰——他们还真想得出这些风花雪月的事。结果，因为形象很贴切，小夜子一角决定由那名转学生担纲演出。虽说她的桌上已经摆了花，可周一上学时，她却迟迟没有出现。她已经不会来了。那个周末，她和父母驾车出去用餐，车子在国道上和大卡车相撞，车毁人亡，一家三口全死了。”

“天哪！这未免太夸张、太可怕了。”

“可不是。大家对这突如其来的不幸都觉得诧异不已、毛骨悚然，那年的《小夜子》也因此取消演出。结果，据说那年的录取率创下了有史以来的最低纪录。”

“这样啊，所以大家就怪罪是因为没有演出《小夜子》的关系？”

“是啊。就因为这个史上最凄惨的纪录，才让小夜子的传说一下子变得真实起来，而学校偏偏又是最适合散布这种传说的地方。”

“你不是说那很难解释清楚吗？怎么你会那么清楚？我完全不知道有这回事。”

“像你这种人是不会知道的。不过，大部分人都知道啊。就算不是很清楚，也多少听说过吧。”

今天早上，秋仔细观察了每个同学进教室时的表情。大家看到讲台上的花时都吓了一跳，无一例外，好像忽然想起了什么、梦到了什么似的，神色不安。当时，秋心想，哦，原来大家都知道小夜子的事啊。传说就是这么一回事。在这所曾有几千名，不，应该说有几万名学生待过的古老学校里，只要置身其中，那姑且称之为氛围的东西——渗入这个场所的能量，就会悄悄地接近你。校园内每天都是耳语、谣言满天飞，这一类的古老传说自然也就无孔不入。

最令人印象深刻的是花宫雅子的表情。看见红花的瞬间，她整个人都愣住了。秋心想，女巫被神明附身时的表情就像是这样吧？虽然她随即恢复了神志，不过，表情却变得十分迷惘不安。她想起来了，这两年听到的故事从记忆深处被唤醒了。

秋平时就以观察他人为乐。当大家吵成一片的时候，自己一个人平静地看着众人，是件非常有趣的事。即使是这样的他，也从来没有看过雅子那样的表情，这让他十分好奇，偏偏粗线条的由纪夫在这个时候跟她讲话，让她又恢复到以往那个含羞带怯、天真烂漫的少女。

“是哦。那，今年的小夜子是第六个，也就是说，还有第三个、第四个、第五个啰？”

“唔，其实，我哥就是第三个小夜子。”

“什么！”

就在这个时候，房门突然咯嗒咯嗒地摇了起来。

“哇！”两人脸色发青，从椅子上跳了起来。

原以为是地震，结果不是；以为是有人在敲门，可还是猜错了。咯嗒咯嗒，震动从门下方传来，越来越强。那声音不像是有人敲门，而是被某种钝物撞击——撞门的还不止一个……

“怎……怎么回事？”

门剧烈地摇晃，老旧的木造房间好像快解体了，关不密的玻璃窗格格作响。无法理解发生了什么事，突如其来的震动和声响让两人恐慌无比。由纪夫一把抓起自己的运动背包，对准门使劲地甩过去。

声音突然停止了。

一时间，两人面面相觑，不过，由纪夫随即朝门走去，猛然打开门。

什么也没有。

微暗的灰色校舍静悄悄的。远方传来凄厉的叫声，嗒、嗒、嗒，细碎的脚步声逐渐远去。

“是狗！有两条。”

“狗怎么会出现在这种地方？”

“吓死我了，真是的。我还以为……”

说到一半的由纪夫闭上嘴巴。

秋朝由纪夫望了一眼。

杳无人烟的校园里，夜幕已经缓缓垂降下来。

“哇！”

“真了不起。”

新学期已经过了两个星期，大家以为终于要开始适应新班级了。星期一早晨，三年级的走廊被某种异样的兴奋笼罩着。

雅子强忍住哈欠，迷迷糊糊地打开书包。

“小雅，她好厉害啊！”

容子激动地朝她跑来，听到她的声音小雅总算清醒过来。

“她？”

走廊尽头的墙上贴出新学期伊始举行的能力测验结果，依各科成绩列出前三十名，并列出文科总分前三十名和理科总分前三十名。

容子口中的“她”指的是谁？雅子立刻就猜出来了。常胜军排行榜上，这回多了一个新名字。

不管哪一科，津村沙世子的名字都在前五名以内，总分排名也高居第二。附带一提，第一名是关根秋。

“好棒，她头脑真好！”雅子兴奋得好像考高分的人是自己似的。

“好棒哦，人长得那么漂亮，头脑还那么好。”容子也大声附和。

“咦，为什么不把第三十一名也公布出来呢？”

由纪夫双手抱胸，一脸严肃地在一旁大声自言自语，逗得周围的人一阵哄笑。

“傻瓜！如果你考得到第三十一名，我早就高中毕业了。”同班的男生嘲笑他。

“我可是认真的哦，我决定今年要认真拼了。”由纪夫郑重其事地说，他的回答让众人笑得更起劲了。

雅子也开心地笑了。只不过是同班，却觉得自己仿佛变成了由纪夫的家人，在他身边因为他而笑，让她感到不可思议的快乐。能够同班真是太好了！雅子第一次这么深刻地感受到。笑开怀的她突然察觉有谁来了，转过头去。

“啊！”

刚到校的津村沙世子就站在那里，和雅子四目相望。沙世子冲着她笑。不知为什么，这让雅子很高兴。和从未交谈过的人目光相接还笑得出来，可见她是一个多么有自信的人啊！

“啊，津村同学！你快来看，好棒哦，真是帅呆了！”容子指着贴出来的榜单。

“是津村小老师哎……”同班的男生也跟着起哄。

沙世子顺着大家所指的方向，不慌不忙地把出现自己名字的地方看了一遍。

“太棒了，上面都是我的名字。哎呀，这下子，全年级的人应该都能记住我的名字了吧。”沙世子用正经的口气半开玩笑地说道，露出灿烂的笑容。

这个笑容，似乎让两个星期以来一直跟她保持距离的同学松了一口气。男生女生一下子全围了上来，缠着她问：以前在学校都是怎么念书的？是否参加过活动小组，等等。

蛮有一套的嘛，秋心想。

她很清楚常在好学生身上看到的谦虚和害羞不适合自己，所以干脆大方地承认自己的优秀，用毫无戒心的笑脸把周遭人拉进自己的小圈子里。

这是个劲敌！（但，是哪方面的劲敌呢？）

秋对自己的想法感到困惑。

“聪明而又活泼的转学生。”一旁的由纪夫思索着。这句话好像在哪里听过啊。

体育馆内，哨声和欢呼声此起彼伏，震耳欲聋。

三年级的体育课并没有特别指定项目，每个人都可以选择参加自己喜欢的比赛。今天场内分成几组，正在举行排球淘汰赛。大家原本只想打着玩，没想到越打越投入，男生这边已经比完了决赛，现在正在观看女子组的延长赛。

体育课是两班一起上，因此班级和班级间难免会产生敌对意识。决赛中，双方数度平手，战况激烈。十班这边由容子接球、雅子托球、沙世子杀球，三人配合得天衣无缝，屡屡得分。

沙世子的杀球很厉害。她蹿得高，力道也够，每个动作都美极了。一旁的雅子看得出神。

现实生活中，真的有这般十全十美的人哪。

她知道周围观赛的人也全被沙世子的动作迷住了。能和这样的沙世子搭档，她觉得既高兴又得意。不同于和容子在篮球队打球时两人心灵相通的默契，沙世子传达出对雅子的全心信赖，这种令人雀跃的甜美喜悦让雅子整个人飘飘然。

九班队员发出的杀球被容子顶了一下，弹出场外。

“啊——”周围响起一片惊呼声。

沙世子和雅子同时去追球。球从球场弹出界外，飞向体育馆的一角。附近的学生忙着惊呼闪躲。

因为眼睛只顾着盯球，以致两人猛烈撞在一起，砰的一声跌坐在地板上。女生们尖叫连连。

叩！雅子的脸颊撞到了什么坚硬的东西，她不加思索地闭上眼睛。

“啊，好痛！”

“雅子，没事吧？”沙世子紧张地问。

雅子捂着脸颊，无意间瞥见沙世子的胸口。从沙世子体育服里掉出一把用链子挂着的旧钥匙。那把钥匙很大，外形是很有特色的古董风格。

沙世子注意到雅子的视线，握住那把钥匙。

“是撞到这个了。不好意思，很痛吧？真糟糕，如果留下疤痕怎么办？”

“不会的，别担心。倒是沙世子你有没有怎么样？”

“没事，没事！真的很抱歉。”

于是，一直僵持不下的战局就此被打破，十班输了比赛。不过，沙世子身上那把钥匙的形状已经深深烙印在雅子的脑海里，令她再也忘不掉。

而且，还有一个人也清楚地看到了那把钥匙。

体育馆后面的洗手台边，沙世子站在雅子身旁，一寸寸仔细检查起雅子的脸。

“怎么样？会痛吗？好像没留下伤口。”

“嗯，虽然有点刺痛，但应该没事。”

雅子按着刚才撞到钥匙的地方。

“不过，沙世子，体育课的时候戴着那个的确挺危险的。而且那应该很重吧？”

“是啊，以后上体育课我会先拿下来。啊，真的很不好意思，女生的脸如果留疤就不好了。”

“像我这样的女生，有疤也无所谓的！”

“反正唐泽都会喜欢你嘛！”沙世子调侃地盯着雅子。

雅子的脸倏地绯红。她没想到沙世子居然连这也看出来了。

“沙世子！”

“哇——脸红了！脸红了！”

两个人你一言我一语地渐渐走远。

洗手台的另一侧，“她”抬起头来。

那果然是钥匙，而且很有可能就是……

“雅子，一起回家吧？”

“嗯！”

“咦？容子呢？”

“她今天要上补习班，先回去了。”

沙世子和雅子朝休息室走去。

沙世子一打开鞋柜的木门，数张纸片哗啦啦地落在脚边。

“咦？这是什么？”

“哇——沙世子，是情书哦！我不会跟别人说的，你赶快告诉我是谁写的。”

雅子一个人兴奋不已。

“我看看。过分，大家都把人当笨蛋耍，全都是匿名信嘛。”

沙世子一一打开信来看。撕成一半的报告纸或笔记纸上写着潦草的字迹，内容不外乎是“我喜欢沙世子小姐”或“下次请务必当我的摄影模特儿”之类稀松平常的字句。

剩下的最后一封信，是写在折成四折、质地粗糙的考卷纸上。

“用考卷纸写情书，未免太过分了。”雅子愤愤不平地说。

沙世子苦笑着打开信，红色字体赫然映入眼帘：

把钥匙还给我　真正的小夜子

沙世子的表情瞬间僵住了。

“这是什么？是什么意思啊？”雅子愣住了。

下一秒，沙世子已经把那封信捏得皱巴巴的。

“啊啊，好想收到一封真正的情书哦！”

沙世子笑着把那封信连同其他信件揉成一团，丢进门边的垃圾桶里。然而，她的目光却凝望着远方，一副若有所思的表情。

“喂，秋。”

“什么事？”

某个晴朗上午的第四节课，大家各自按照针对志愿排定的课表上课去了，这两人刚好没有课，在自习室里打发时间。

自习室内，窗外开始凋零的樱花树提供了舒适的遮阴。

此刻是多么静谧、美好的时光啊！

秋眯起眼睛，凝视着樱花树上翠嫩的新叶。

他经常在想，眼前的一切是否能永远留伫在自己的心底？此时此刻也是。总有一天，他一定会怀念现在，怀念服装不整、一脸天真跟自己聊天的由纪夫的声音。

“上次那件事后来怎么样了？”

“上次哪件事？”

“就是那个小夜子的传说啊。”

“哦，那件事啊。”

自从开学典礼傍晚被诡异的声响打断谈话后，两人就刻意地避开这个话题。不过这时已经四月底了，何况还是亮晃晃的大白天，讨论这件事应该没问题了吧。

“那么，今年的……我是说第六个小夜子出现了吗？”

“是的，出现红花就是证据。”

“知道对方是谁吗？”

“不知道。只知道是我们班上的人。”

“咦？在我们班上？那对方这一整年都要闷不吭声啰？”

“是啊。”

“是哦。不过，那家伙肯定吓了一跳吧？没想到真有一个叫SAYOKO的人出现了。”

“嗯。”

的确，秋一开始就对这件事耿耿于怀。为什么那个津村沙世子恰好会出现在这里？时机未免太凑巧了。

秋试着回想同样自这所高中毕业的哥哥和姐姐对他讲过的故事，不知为何，他有种如哽在喉的感觉，总觉得自己遗忘了某件重要的事。津村沙世子的到来，似乎是某种特别的安排。不然她怎么会转来这所有小夜子传说的学校？又怎么会选在三年一度的盛事即将举行的这时候到来？可是，那个名为津村沙世子的女孩确实是经过公开程序转学进来的。她容貌出众，冰雪聪明，像电影明星般美丽，充满活力。

“津村好像很喜欢花宫呢。”

秋喃喃说道。这也是偶然吗？该不会是因为津村也感应到花宫身上像灵媒一般的特质？会不会是自己想太多了……

“女人这种生物真叫人摸不透。难道女人也喜欢美女吗？还是因为对方太过完美，所以就放弃了和对方较劲的念头？”

由纪夫一本正经发表意见的模样，又逗得秋忍不住呵呵笑了起来。

“不过，自从花宫和津村在一起后，我才注意到原来花宫也是个可爱的女孩。”

“胡说些什么。”

“哎呀，我是说真的。津村太亮眼了，立刻就会吸引众人的目光，连带地，和她在一起的女孩也会受到瞩目。况且，花宫虽然不是艳丽型的，但和津村站在一起一点都不逊色呀。看到的人也会想，咦？那女孩也是美人呢？叫什么名字啊？最近就常有学弟向我打听，常和津村在一起的女孩是谁。”

“有这种事？”

由纪夫的表情十分复杂。

“你再不快点行动，花宫就要被别人抢走啰！而且女生一升上三年级，通常都会交男朋友。”

“嗯……”

“喂，可不可以安静一点？很吵哦！”

这时，坐在不远处的同班同学加藤彰彦突然抬起头来，不悦地说。

“啊，不好意思！”

由纪夫耸了耸肩。加藤这个人呆板无趣，不善与人交际，偏偏又自我意识过剩、自尊心很强，像他这样的学生，一个班里总会有一两个。总之，那样的人不是由纪夫这个类型的学生能够理解的。

加藤是怎么看待秋或津村的呢？是嫉妒还是羡慕呢？不管怎么看，他唯一的优点大概就只有功课不错，偏偏他又不像秋是真的很聪明，只是死读书罢了。秋外表帅气，个性虽然有点老成，却很有男子气概，运动方面也没话说——“唔，这世界就是这么不公平。”

加藤误以为由纪夫有感而发的最后一句话是在挖苦自己，气得满脸通红，愤而把脸转向由纪夫。

“呃，不妙。秋，走了，吃午饭了。”

“好。”

两人慌慌张张地自座位上起身。

“呼，最后一堂才上体育课，叫人家怎么受得了嘛！”容子难得一脸疲态地爬上楼梯。

“就是说啊，而且等一下还有篮球队训练。”雅子也是满头大汗，拿毛巾对着红通通的脸蛋不停扇风。

“这种时候穿着制服，根本就不透气，闷热得要命，好像在洗桑拿哦。”沙世子嫌长发碍事，一把将秀发拨到身后。

“啊，好凉快，这风真舒服。”

初夏时节特有的清风从楼梯上方敞开的窗户吹进来，十分凉爽。

“雅子，趁还有力气，赶紧去活动小组吧？”

“好。”

三人一股作气跑回教室。但是，眼前的景象让她们不由得停下脚步。

教室里乱七八糟的。

有人把桌子和书包里的东西全翻了出来。

收在抽屉里的课本被扔得到处都是，大家的书包东一个西一个，全被打开了，铅笔盒、手帕等物品就散落在四周；教室里简直毫无立足之地。

“好过分。”

做这事的家伙实在太过分了。所有能打开的东西全被打开了，尤其是教室后半部的书包，里面的东西全被倾倒而出。

容子刚要踏进教室，沙世子一把拦住了她。

“等一下，先维持现状，叫老师来吧。”

“对！那你们两个先看着，我去叫黑川或其他老师来。”

容子仿佛忘了刚才的疲累，像弹出的皮球一样冲了出去。

雅子的声音颤抖着："是谁？竟然做出这种事！"

沙世子没有回应。

雅子看向她，发现她面无表情、双唇紧抿、不发一语。不过，她的眼神令雅子吃了一惊。

不同于她平常表情丰富、明亮生动的眼神，那双眼睛蕴藏着另一种光芒。

那是怒火。此时的沙世子异常愤怒。她为何会这么生气？只是正义感使然吗？

其他同学陆陆续续换了校服回来，教室里吵成一团，像是有人捅了马蜂窝似的。不久，刚下课的别班学生也围了过来，场面愈发混乱。

那头容子正领着班主任黑川、年级组长宫胁，以及教导主任赶来，他们看到这番景象，都说不出话来。

"真是糟糕……喂，你们吵死了，其他班级的同学请离开，快走！"

黑川挥手赶人，别班的学生低声抗议着，纷纷不情愿地走了。

"十班的同学，虽然麻烦，还是把自己的东西收拾一下，检查一下有没有掉了什么。"

学生们一边抱怨，一边动手收拾自己的课本和私人物品。

然而，为什么他会自这片混乱中感受到一种像是兴奋或期待的情绪呢？

秋偷偷观察着众人的表情。

虽然现场一片狼藉，却没有任何东西遭窃。或许是因为在体育课之前，班上同学就已经把手表、钱包之类的贵重物品存放在教职员办公室的关系。

黑川三人私下讨论了一阵子，判定没有报警的必要，就让学生们直接回家了。

“她”在走廊上边走边想。

那家伙……那家伙会把钥匙藏在哪儿呢？

对“她”而言，“钥匙”已经变成非到手不可的东西。无论如何，“她”都要把钥匙拿回来。只要那家伙手中握有钥匙，今年的小夜子就不算成功。

“她”如此坚信着。象征小夜子身份的钥匙，除了自己以外，谁都不能拥有——可是很奇怪，体育课之前，她并没有把钥匙放进贵重物品收纳袋里，而自己也明明看到她把钥匙从脖子上取下，收进了抽屉——怎么会不在她的抽屉里，书包里也找不到？

准备回家的“她”打开鞋柜的木门，沙的一声！“她”在鞋柜里发现了一张折成四折的考卷纸，“她”的手颤抖着打开纸条：

喜欢找东西的小夜子：

想跟你谈谈你正在找的东西。六点半请到校门口来。

信是用红笔写的，字迹十分娟秀。

明天起开始放连休假，校园内洋溢着一股雀跃之情。

远处，传来活动小组的学生们的欢呼和喝彩声，还有乐队吹奏小喇叭和长笛的乐音。

然而，“她”完全听不进这些声音。“她”焦虑地在图书馆里打发时间，参考书上的字一个也没读进去。

学生们都走得差不多了，天色也逐渐暗了下来。

图书馆里只剩下“她”一个人，看了看手表，已经六点二十五分了。

“她”悄悄离开校园，躲在校门的大石柱后面。

六点四十分了，五十分了。结束活动小组的学生们三三两两回家去了。暮色开始向焦急等待的“她”围拢过来。

被耍了？

刚闪过这个念头，有人从“她”身旁快步走过，看了“她”一眼。

是津村沙世子。

沙世子笑眯眯的，匆匆指了指前方，就快步走开了。“她”连忙跟了上去。

浓重的橙色暮光中，沙世子的背影如幻影般浮现。她毫不迟疑地按照一定的速度前进。“她”不知道沙世子要带自己去哪里。

“把郁金香钉在教室门上的人是你吧？”“她”试着和沙世子交谈。

沙世子没有任何反应，她迅速走下校门前的狭窄坡道。

“那钥匙，你是从哪里拿到的？”“她”再次朝沙世子的背影喊道。

沙世子依旧不发一语，但纤细的肩膀却开始微微颤动。

她在笑。

“呵呵呵，为什么大家对转学生都这么好奇啊？”

“有什么好笑的！”

“她”生气了。自己都问得这么直接了，可是沙世子却丝毫不当一回事。

“你转过学吗？”

“这和你没有关系吧？”

“我从小就一直在转学。真是不可思议，为什么大家都要欺负转学生呢？只要转学到乡下地方，一群人会埋伏在回家的路上，等着欺负你。仔细想想，这实在没有道理。有必要欺负人吗？还是说就像人的身体，一旦有异物入侵，白血球就会一拥而上把异物吞噬掉？或许这就像是为了融入新环境的必经仪式。说来说去，‘异物’出现才是大家集体欺负对方的主因吧。因为不了解，因为对方和自己经历过的时空不同——未知的东西往往会成为人害怕的对象——的确，电视连续剧里出现的‘谜一般的转学生’往往都不安好心，另有目的才会转学。于是，欺负、刺探、让对方臣服、使自己产生抗体，都是为了把对方变成自己的一分子。”

沙世子喋喋不休，自顾自地说着，似乎完全无视“她”的存在。“她”目瞪口呆，甚至有些害怕。

这女孩该不会脑袋有问题吧?

"不过，现实生活中才不会有那种事。真是笑死人了！不管我们搬出多少大道理，都不过是个孩子，得配合父母的需要转学。害怕要去新学校上课，心里反感得不得了，提心吊胆地躲在被窝里希望新学期永远不要来——我们怎么可能抱持着什么目的或恶意?转不转学也不是我们自己做得了主的。喂，我看起来有那么可怕吗?你说呢，加藤同学?"

"她"——不，被叫出名字的加藤彰彦回过神来，当场愣住。

津村沙世子不知什么时候转向了加藤，她两手提着书包站着，一脸不在乎的表情。一直挂在脸上的笑容已经荡然无存，就像开学典礼那天早上一样……

"先澄清，把郁金香钉在教室门上的人不是我。"

"咦?那会是谁?"

"不知道——我和黑川老师从教职员办公室回来时，花就钉在上面了。"

"你为什么要在教室里插红花?"

"不好吗?初来乍到，我只是用花来代替问候而已。"

"可是，当黑川问是谁带花来时，你不是还装傻吗?而且，你应该也知道小夜子的传说吧?"

沙世子没有回答，她再度转身背对加藤，向前走去。

加藤见状，赶忙跟了上去。

似乎开始起风了。

少女从容不迫地走着。

这女孩在想什么？该不会与她毫不相干，她什么都不知道吧？

女孩走上了交通繁忙的国道。狭窄的人行道旁，不断有不友善的大卡车呼啸而过。

两人来到一座大桥旁。每当有大卡车通过，桥身就会轻微地上下震动，让人胆颤心惊。

少女突然停下脚步，转过身，抬起头。桥下的河川一路流向校门前的那座桥。河岸边隆起的灰色山丘上，依稀可见他们刚刚离开的校舍。

“听说几年前这里曾发生过车祸。”

“这里？”

“死了三个人。为了凭吊他们，在那座山坡上立了一块石碑。”

“……”

桥身咯吱咯吱地震动，接连几辆大卡车从身旁呼啸而过，加藤听不清楚沙世子的声音。

“……我！”

“什么？”加藤提高音量反问。

“就是我！”

津村沙世子突然转过身来。她的眼中毫无表情，仿佛一副无生命的面具。

“没错！第六个小夜子就是我！”

加藤瞪大眼睛。又来了！开学典礼的早晨，初次见到她时感受到的那股没来由的恐惧又从脚底缓缓爬升。

“我是专程回来的，你的任务已经完成了。”

卡车从耳边疾驶而过，发出可怕的声响，两人在卡车的阴影下一瞬间看不见彼此。

加藤下意识地双手掩面，发出哀号。

“咦？喂，那不是沙世子吗？”容子认出走在国道上的女孩的身影，说。夜幕已经降临，看不清楚对方的脸。

“这么晚，她留在学校复习吗？可是她家又不在那个方向。”

“她后面那个人是谁啊？咦？那不是班上的加藤吗？”

容子眯着眼睛细看，然而天色昏暗无法确认。

“那是加藤吗？说到加藤，我只告诉你们，不要说出去哦。是有关之前教室被侵入的事。听说有人在第六节课的时候，看到加藤从十班教室走出来。”容子的男友、男子篮球队的高桥压低声音，故作神秘地说。

“哦，加藤吗？可是我不觉得他有胆量去翻别人的书包。”由纪夫颇不以为然。

“可是，有人看见他第六节课上到一半时走进教室，大约二十分钟后又离开了。要把教室翻得那么乱，差不多需要那么长的时间吧？

就算不是加藤干的，他肯定也看到了犯人。”

“我是不知道犯人是谁，可是我觉得他与其是想偷什么，更像是在找什么东西。如果犯人是校内的人，就更有可能是这样。因为大家都知道贵重物品会集中保管。”

容子分析道，要大家别把焦点摆在“偷窃”上。

雅子一直没说话，陷入了沉思。

沙世子那双怒气冲冲的眼眸在她眼前浮现。

把教室弄得一团乱的家伙，目标一定是沙世子的书包。而且沙世子心里也很清楚，所以才会那么生气。那么，犯人想要找的是……

把钥匙还给我

红色字体浮现在眼前。沙世子挂在胸前的那把旧钥匙。那次的体育课，犯人看到沙世子戴着的钥匙，还听到她说下次上课前会先把它拿下来。那把钥匙到底有什么特别？会重要到让两人（沙世子和犯人）争红了眼？

“喂，由纪夫，你要好好送雅子回家哦！”容子和高桥笑嘻嘻地走了。

雅子突然回过神来。不知不觉中，只剩下自己和由纪夫了。认真说起来，两人肩并肩单独走在一起，这还是头一次。雅子慌了手脚，由纪夫也完全不看雅子，因为他也很紧张。两人只顾盯着前方，沉默地跨出僵硬的脚步。雅子决定由自己打开僵局，她鼓起勇气把沙世子钥匙的事、沙世子收到信的事，还有自己认为破坏教室的人可能在找那把钥匙的事全说了出来。由纪夫刚开始还有点害羞，可是随着雅子越讲越多，他的表情也认真起来。

“喂，花宫同学，你今天急着回去吗？”

“还好，反正明天开始是连休假。”

“现在关根秋正在‘碧阳卡’等我，这些话你可不可以再跟他说一遍？”

“告诉关根？”

这天，由纪夫早就和秋约好了要继续听他讲小夜子的传说。

“碧阳卡”正好位于学校和车站中间，是一家旧式民宅风格的咖啡店。

为人风雅的老夫妇因为兴趣开了这家店，历届在校生都很喜欢来这儿。至于秋，则是包括他哥哥、姐姐在内，三兄妹都常泡在这家咖啡店里，因此老夫妇也就“秋、秋”地唤他，把他当作自己的孩子疼爱。

看到由纪夫带着雅子进来，秋吓了一跳。不过，听完雅子的话之后，他的脸色更是难看。

“答案揭晓了，加藤就是今年的小夜子。”

“果然。”

听雅子述说时，由纪夫就曾想过这个可能，没想到秋的结论也是如此。

雅子还搞不清楚状况，她探出身子问道："什么意思？"秋简明扼要地把之前告诉由纪夫的事重新说了一遍。雅子听完露出恍然大悟的表情。

"那个传说我也听说过，不过是另一种版本。"

"嗯，毕竟是很久以前的事了，经年累月下来，难免会加油添醋，出现各种版本。"

"我听到的比较……该怎么说呢？比较像是神话故事。他们说小夜子是栖身在校园樱花树里的守护神，插红花是为了供奉她，并祈求她能保佑学校一整年都平安无事。而且，听说这个守护神脾气反复无常，所以必须瞒着她暗中筹备，演一出戏讨她欢心才行。"

"唔，想不到从女孩子口中说出来，变成了可爱的童话故事。"

"我也听过一些恐怖的谣传，有人说，至今演过戏的人里面，有一个女生很不得守护神欢心，她在舞台上时被突然掉下来的幕布砸死了，现在那幕布还沾着血呢！至于那只花瓶，据说瓶身的花纹每次拿出来时都不一样。"

"所以大家都知道这件事吗？"由纪夫深感佩服地问道。

"嗯，虽然说法各有出入，但大家几乎都知道这件事。"雅子一脸天真地回答，继续喝她的红茶。

由纪夫又觉得毛骨悚然起来。学校里数以千计的在校生、毕业生都听过这个故事，而且众人听到的版本略有出入，一点一滴逐渐改变形貌的新故事仍在增生中，日复一日。

秋喃喃说道："话说回来，加藤似乎以为津村手上的钥匙就是历届小夜子交接的信物，可是应该不会有两把钥匙吧？如果真有两把钥匙，津村那把又是从哪里来的？"

"津村知道小夜子的传说吗？她才转来我们学校啊。你认为她知情吗？"

"不，一点都不像。我们每天都在一起——她很正常啊。"

雅子回想起各种表情的沙世子：开学典礼上像盛放的花朵般高贵的笑脸，杀球时的专注狠劲，作弄自己时的调皮模样。她的笑容活泼、开朗，不带半点轻浮。每个表情都闪闪发光，让人感受到强烈的生命力，自己从来没见过这样的女孩。聪明可爱、多才多艺的女生不少，可像沙世子这样，连同性都抗拒不了其魅力的女孩就……手撑在桌上，托着腮帮子发呆的她；甚至只是静静地站在走廊上的她，那些画面每每让雅子觉得感动。津村沙世子的完美，就像拼图的每一块碎片都放在正确的位置上。

"不过，沙世子的确很特别，我还是第一次见到那么厉害、那么美丽的女孩。"

由纪夫和秋面面相觑，因为雅子此刻的表情简直就跟恋爱中的少女没两样。

"话说，第三个小夜子是秋的哥哥吧？"由纪夫清了清喉咙，把话题拉回来。

“是的。而且，到第三个小夜子时，规则已经大致成形了。当时我哥是二年级学生，在献花给毕业生时——二年级学生会各自捧着一束花，依次献花给走出礼堂的毕业生——有人趁机将那把钥匙塞到我哥手里。我哥吓了一跳，连忙回头去找那个人，可是因为队伍移动的速度比我们围成两圈跳圆舞时还快，他也查不出是谁。但对方似乎看清了他的长相，两天后，匿名信就寄来了。上面写着：‘如果你愿意成为今年的小夜子，请在自己的教室插上红花，并请在不被人发觉的情况下，暗中筹备小夜子的戏。’上面还说，成为小夜子的人有三种选择：如果你打算超越以往的小夜子，就请再插一次红花；如果无法突破，想重演以前的小夜子，就请放一只空花瓶；不打算做任何事的话，就什么也不能放……”

“哇，好详细哦。那是谁想出来的啊？”

“我哥当时问了几个参与之前一两次演出的人，听说是筹办第二次演出的校庆执行委员想出来的。不过因为小夜子的戏三年才演出一次，所以在我哥之前有两个小夜子只负责传递钥匙。寄来的信还附着一张公元纪年表，只需传递钥匙的那年用绿字表示，必须演出小夜子的那年则是用黑笔写的，每年收到钥匙的人在该年年份上画完圈后，再把那张纸寄给下一个小夜子。”

“好像是只限一次的‘不幸的信’哦。”雅子喃喃说道。

“插红花的日子是在什么时候？”

“九月开学典礼当天。”

“秋，那你哥后来怎么做的？”

“他插了红花。接下来的事更复杂了。听说校庆执行委员会手上有一本不外传的机密手册，只有执行委员能看。里面按照出现红花、只有花瓶、什么都没有的情况，分别列出了各种因应对策。遇到前两种状况，校庆的筹备就得分两方面进行，暗中筹备戏剧演出的同时，他们还得筹备电影放映会或音乐会什么的，好避人耳目。当然，演出者是谁，在校庆当天以前是机密。而小夜子方面，如果‘她’插上了红花，得赶在九月中旬前把写好的原创剧本寄到校庆执行委员长家里。不过，就算红花出现了，也不能保证戏就一定会上演，剧本能否如期完成是一个问题；就算完成了，说不定很糟，不能用呢？接着，在终于确定可以上演、一切准备就绪的前夕，校庆前一个星期又会有新信号出现。”

“咦？又是红花吗？”

“不。是在校门附近的那棵大樱花树上挂上晴天娃娃。这次发出信号的是执行委员。如果要公演的是全新剧本，就会挂上红色的晴天娃娃，如果是重演过去的旧剧本，就挂白色的，如果都不演的话，就什么也不挂。”

“哇，好复杂哦。那第三个小夜子那年……”

“挂上去的是红色的晴天娃娃。我哥把剧情设定为某个知道小夜子过去的男生在凭吊她，创造了由男生独自演出的剧本。幸好，那一年的演出很顺利，得到的评价很不错。不知是不是因为这个缘故，那一年的录取率也是有史以来数一数二的高。然后我哥在毕业典礼当天，又把钥匙交给了一个低年级学生。”

“这样啊。那后来呢？”

“接下来两年，钥匙总算顺利传承下去。不过，被选为第四个小夜子的人是个脾气倔强的女孩。她虽然收下了钥匙，谁知后来竟然跑去向学生会投诉，说自己准备考试都来不及了，为什么非得接受这种莫名其妙、没意义的差事。还说应该要废止这种愚蠢的陋习，她绝对不会有任何动作。”

“嗯，这也难怪。那一切就到此为止了？”

“不，两年后还是有人收到了钥匙。”

“还真是没完没了。”

“呵呵，这时就轮到我姐登场了。我姐曾当过‘只传递钥匙的小夜子’。”

“其实这传说根本就是你家的阴谋对不对？”

“哈哈，若真是这样，今年就该由我上场了。”

“那么，还有第五个小夜子啰？”

“嗯，有啊。只是这个小夜子被称作‘沉默的小夜子’，四月开学典礼那天她虽然插了红花，可是她什么都没做。”

“哦。所以今年的就是第六个了？”

“对。对了，刚才提到的第四个小夜子还有后续。这个小夜子是个很倔强的大小姐，升学考试期间她因为原因不明的高烧落榜了，不仅如此，隔年重考时，她又发起了高烧，最后人变得有些神经兮兮的。”

“咦，小夜子的诅咒真是太可怕了。对我们来说，这可是比死还可怕的魔咒吧。说不定这是老师们想出来的阴谋？”

秋也赞同由纪夫的说法。的确，对就读地方升学名校的学生而言，只有两种选择，上榜或是落榜。现实就是这么残酷。在大家猛烈抨击升学主义挂帅的教育制度之前，事实就已经是如此了。

“老师们知道这件事吗？”雅子的发问打断了秋的思绪。

“你说呢？就我的观察，他们应该不知道吧。”

秋有一段时间执着于老师们对小夜子的传说到底知情多少，曾有意无意地向摄影小组的指导老师打探。不过老师和学生的立场毕竟是相对的，有关小夜子的传说，学生们都只字不提，保密到家。就像在校风自由的学校里常见的，课外活动几乎都是由学生遴选出的执行委员来推动，虽然老师们总感叹“一年不如一年，有领导才能的学生越来越少了”，却还是放手让学生去做。平常顶多列席会议的老师们似乎没有察觉这个活动一直在进行着。“小夜子”是学生们自行发起的活动，何况，实际参与“小夜子”的人少之又少，其他学生就算曾经听闻，也无从得知详情吧。对大部分学生而言，它就像是上学途中的风景。每天都看得见，似乎有点印象，可是一旦不在眼前，就完全想不起来。

秋又陷入沉思中。

不过，黑川说不定知道——毕竟他在这所学校待了十几年了。

“喂，”雅子突然抬起头来，“如果——我是说如果，如果刚才走在一起的那两人真的是沙世子和加藤的话……”

“加藤和沙世子？”秋皱起了眉头。

“那两人为什么会走在一起呢？”

加藤已经不记得自己是怎么走回家的了。然而，津村沙世子那张像是戴着面具的脸始终在脑海里盘桓不去。自己的脸色一定很难看吧。母亲一脸担心地迎了上来，他心不在焉地吃完晚餐。

好在明天开始就是黄金周了，至少有三天不用看见那家伙的脸。什么嘛！那家伙是不是脑袋有问题啊？她的话到底是什么意思？

他没有看电视，早早上楼回自己房间去了。

坐到书桌前，喝下咖啡后，心情总算比较平静了，他回想起刚才发生的一切。重新想了一遍后，觉得自己刚才神色仓皇地逃回家真是可笑，简直像做梦一样。

为什么他会对她骗小孩般的话语感到害怕呢？没想到那家伙还蛮会唬人的。她为什么要这么虚张声势？肯定是跟过去的小夜子有关。

加藤越想越生气，对自己放声尖叫逃离现场的丑态感到羞耻，懊悔的情绪一波波涌上心头。他下定决心，一定要加以反击不可。要怎么调查她与前几届小夜子的关系呢？要用什么方法来揭穿她的真面目呢？他不断想象自己痛骂沙世子而她脸色大变的情景。在心里痛痛快快地臭骂了一顿沙世子后，他的气也消了，心情轻松起来。

真是的，像笨蛋一样。

他精神奕奕地拿出教科书放在桌上。趁现在心情好，赶紧来预习一下英语吧。他翻开英语课本。是错觉吗？他觉得今天的脑袋似乎比往常清醒。屋里充斥着英文字典的书页特有的甜腻香味和翻书的沙沙声。

不过，他总觉得闻到了另一种甜香。

难不成是今天字典纸张的味道特别重？

突然，他转头向后看。

他也不知道自己为什么要那么做。

不再多想，他把视线移回英语课本上。

然而，下一秒钟，他还是无法不在意身后。

……

房间里外静悄悄的，空气仿佛凝结了。

不知不觉中，他紧张起来，再次缓缓地转过头去。

身后有一扇挂着蕾丝窗帘的窗子。

这次他确实嗅出房里有一股似曾相识的甜味，好像曾在哪里闻过。

……

他开始怀疑自己的耳朵和脑袋。

不可能——在这间屋里，不可能会听到女孩子的声音。是心理作用吧？就像是下雪的时候总觉得窗外有人，一定是那样的错觉。（可是现在都四月底了，还会下雪吗？心底有个声音在偷笑，另一个自己正歇斯底里嘲笑着。）

是我啦！

咦，好像又听到了。怎么可能？这是二楼，是我的房间。

是我啦！

口中突然泛起一阵苦味，喉咙深处发出吁吁声；前额发际渐渐发热，头发倒竖。这是怎么回事？我在发什么神经！这是我自小生长的家、是我自己的房间，它应该是全世界最安全、最舒适的地方，现在只不过是回头看了一眼，我竟然就吓得一动都不敢动？

喉咙深处传来的吁吁声在脑中回响着。幼时半夜气喘发作的记忆跟他的意志作对，他越是不愿意想起，记忆越是不断涌现——妈妈，“那个”来了！

小时候他还不懂气喘的意思。然而，每当他发病时，看到母亲脸上流露出的不舍和不安，既使幼小的他也能体会“那个”是讨厌的、不祥的、可怕的。妈妈，“那个”来了！

他无法将视线从那扇漆黑的窗子移开。

有东西——有什么东西在那里。

心中的疑虑越来越大。有东西在动。他看到抓着窗棂的少女雪白的手，看到绣着三条白线的制服袖口。对方纤长的手指四处摸索，攀住了窗棂，一下又一下地摇动着。咯嗒！咯嗒！玻璃震动，发出声响。然后，那只手像是有了自信，开始哐当、哐当，使劲地用力摇窗。声音越来越大，哐当！哐当！哐当！哐当！

“住手！”他嘶哑地喊道。

声音越来越大。

“快给我住手！”

黄金周结束的五月早晨。

不过两三天没来学校，怎么会变化这么大呢？诚如大家所想，校园内已不见春色，取而代之的是一片宣告初夏来临的新绿。

“啊，像这样连放几天假又要上课的日子最累人了。”容子粗鲁地把书包扔在桌上。

“早！”津村沙世子走了进来。

嗯，她今天也是容光焕发，看起来更美了。

雅子看得入迷。在如此明亮的早晨见到她，不禁让人觉得之前在“碧阳卡”听到的那些谣传不过是老掉牙的鬼故事罢了。

“喂，沙世子，连休假前一天傍晚，你是不是和加藤去了国道那边？”容子问。

沙世子愣了一下。

“和加藤？没有啊。我那天赶着回家。国道那边是反方向呢。”

“果然是我看错了。”

容子喃喃自语时，雅子看向加藤的座位。他平常总是很早到校，今天却一直到现在还不见人影。

早上的班会时间到了，加藤依然没有出现，黑川迟到了很久才慌慌张张赶来。

“不好意思，我迟到了。啊，有一件事必须先向大家说明。加藤假期中的一天夜里心脏病发作，现在人在医院。他从小就有气喘的毛病，听说已经好几年没发作了，没想到这次突然发作，情况十分严重，心脏才无法负荷。现在他需要绝对的静养，谢绝访客。看样子，得休养好一阵子了。他的家人说等可以会客时会再联络我。加藤这阵子不会到学校来。关根，他有担任班干部或负责什么工作吗？”

“啊，没有。”

“那好，那就没有要交接的工作了。你们也是，平常都不运动，体力越来越差，千万不要太拼把身体搞坏了。啊，对不起，耽误您上课的时间。”

上第一节数学课的月冈老师已经等在教室外面了，黑川向月冈老师点了点头，匆匆离开教室。

这下今年的小夜子消失了。

接下来的小夜子活动会怎么发展呢？难道今年的游戏就这样仓促落幕吗？现在才五月而已啊。

秋像是泄了气的皮球，望着加藤空空的座位，怔怔地想着。

加藤本来就不起眼，同学们很快就习惯了没有他的日子。

真是残酷啊。反观另一个 SAYOKO……

秋偷偷看向沙世子。一如既往的聪明美丽、魅力十足，仿佛打从以前就属于这里似的，已经成了班上的灵魂人物。她不仅在校内有名，在校外也名声响亮。听说她上学必经的某所男校的学生每天早上都争相挤在窗边看她。

拥有出众的容貌就等于拥有权力。就算她什么也不做，人们还是会聚拢在她身边。为什么人会被美好、漂亮的事物所吸引呢？上帝让人们为了美好的事物竞争，难道是为了帮人类留下更优秀的子孙吗？

秋不着边际地想着。

不过，如果她真的拥有那把钥匙，如果连休假期前一天在国道上的真的是加藤和她的话，这一切又该作何解释？

这个想法冷飕飕地掠过秋的脑海，让他不寒而栗，秋不敢再想下去。

即使什么都不想，时间仍会一分一秒地过去。

第一次升学辅导座谈会、运动会、期中考。

管它是严肃的还是好玩的，学校这个地方都一视同仁地将之一一消化。学生们并没有发现，就在举行这些例行活动的同时，自己的将来和人生也一点一滴成形，彼此之间产生了差异和分歧。

然后，令人头痛的期中考结束了，在梅雨季的来临成了大家讨论话题的某一天，第二节课下课的休息时间，秋突然被黑川叫了出去。

来到办公室后，黑川向他介绍一个又瘦又小的妇人。

“她是加藤的母亲，听说加藤有话要对你说。”

“对我？”

秋眨了眨眼睛。印象中，自己和加藤并没有特别要好，也没有得罪过他——不管怎么样，他决定先听对方怎么说。

“请问，加藤还好吗？”

“嗯，托大家的福，已经没有生命危险了，不久就可以会客了。”

“这样啊。”

已经没有生命危险了。这种只在电视剧中听过的对白让他有些不自在。毕竟生与死的话题一向与他的日常生活无缘，听到与自己同龄的加藤才经历过生死关头，令他难以置信。

“说到这个——请你不要见怪，其实我也还不能和他好好说话，不过，医生说他一直说胡话，还要人帮他转达。”

“转达给我吗？”秋越来越不解了。

“是的。”加藤的母亲好像也很困惑。

“首先，他要我把这个交给关根同学，”她从深红色的小皮包里拿出一只信封，“是放在我儿子制服口袋里的东西。”

秋接过小小的褐色信封。这重量？这形状！

咚！此刻，仿佛有只手重击了自己的背。

是那把钥匙！

秋全身泛起一阵鸡皮疙瘩。他想起春天在自习室狠狠瞪着自己的加藤的脸。当时，我和由纪夫在聊什么呢？对了，我们正在聊今年的小夜子出自我们班上，不过不知道对方是谁——听到这些话的加藤将小夜子的任务托付给我。

我得和津村沙世子对决。

他不由得打了个哆嗦。

“还有些话……我跟医生都不懂那是什么意思。”

加藤的母亲犹豫了片刻才说出口。听到她的话，秋总算回过神来。

“他一直念着‘去看火、去看火’。”

“去看火？”

“嗯，我们也在想是不是听错了，不过，他确实一直念着‘去看火’。总之，他要我们这么转告你。”

秋听得一愣一愣的。

“去看火……”

“是的。‘回来了，去看火’——他是这么说的。”

“回来了，去看火……”

听到第三节上课的钟声，加藤的母亲诚惶诚恐地告辞，离开了办公室。

“喂，关根，上课啰！”

秋正想得出神，黑川拍了一下他的肩膀。

“啊？嗯，真是伤脑筋，干脆算我旷课好了。”

“笨蛋，下堂是我的课。”

“啊，是吗？”

黑川圈住秋的脖子，硬把他拖走了。

然而，即使在课堂上，秋还是心不在焉。

回来了，去看火……

“回来了”还听得懂，可是“去看火”是什么意思？是要我去看火吗？去看火——是要看火还是看太阳[①]？可恶，要拜托人家的话，好歹也留个比较容易懂的口信嘛。

响彻教室的哄然大笑将秋拉回现实。

黑川正抓着坐在第一排的沟口的手臂。沟口祐一戴着圆形眼镜，体形略胖，很会搞笑，还是柔道队的队长。沟口的左手小拇指上，绑着一条红线。

“老师不知道红线传说吗？每个人从出生的那一刻起，小指头上就系有一条红线，将自己和命中注定的那个人绑在一起。”

“这我知道，不过你也未免……”黑川虽然努力憋着，却还是忍不住笑了出来。

“老师，这不是笑话，是一种法术。当这条线断掉的时候，就能跟自己命中注定的人缔结良缘。我是认真的，请不要笑。”

沟口正经八百的语气又惹来众人一阵爆笑。

“你是从哪里听来这个法术的啊？”黑川强忍住笑意问道。

---

① 日语中“太阳”和“火”的发音皆为“hi”。

“是上小学的小妹告诉我的。”

大伙儿笑得更起劲了。秋也噗嗤笑了出来，突然间，他敛起笑容。

我好像想起什么了！

从哪里听来的法术？这是一种法术。法术——眼前浮现的是在“碧阳卡”的雅子和由纪夫。喝着红茶的雅子天真无邪地说，听说插红花是为了祈求学校一整年都平安无事，是一种法术。法术……

“小夜子”的诅咒真是太可怕了——由纪夫的声音。对我们来说，这可是比死还可怕的魔咒吧。受到诅咒而死的小夜子——消除诅咒的法术——樱花树神的名字叫小夜子，为了供奉她——樱花树下……樱花树下，曾经站在樱花树下微笑着的津村沙世子，她的脚下到底有什么？

秋不由自主地敲了一下桌面。

听说只要在那块石碑后面，写下“我就是今年的小夜子”就算成功了。

我懂了！是“去看碑”啊！①

“回来了，去看碑。”

午休钟声才刚响起，关根秋就从教室冲了出去。

空气中带着湿气，似乎就要下雨了。

秋跑得飞快。

---

① 日语中“碑”的发音也是“hi”。

校舍和操场分处在山坡的上下方。要到操场，得先走下一段长长的石阶。秋好像被什么追赶似的，连滚带跑地冲下石阶。人迹稀少的操场上方，压着厚重的黑色云层，好像随时都会有巨大的怪物从云端里现身似的。

围种在四周的樱花树已经长出新叶，今年的任务才刚结束，树木们正在休养生息。

秋跑向最高最大的那棵樱花树。

树的根部杂草丛生，那块黑色石碑歪歪斜斜地半埋在土里。

也难怪，这可是十二年前的石碑。

十二年前，就在下面那条国道上，一辆轿车跟卡车对撞后起火燃烧。

那起意外死了三个人，其中一人就是本校的学生。

这块石碑就是为那少女而建的。

秋着了魔似的将野草拨开，拂去盖住石碑的泥土。碑上的字很小，而且刻痕已被泥土填满，根本看不清楚。秋焦急地捡起地上的树枝，将刻痕里的泥土刮除。

就是这个。

秋睁大眼睛，读着碑上的文字：

一九××年　九月十六日　殁

津村沙世子　享年十七

秋踉踉跄跄地站起身来，满是汗水的脸茫然地转向横亘在远方的国道。

今天大卡车依旧在国道上呼啸奔驰着。

她回来了。

秋下意识地将手探入胸前的口袋，按着加藤交付给他的钥匙。

雨滴滴答答地打在热得发烫的脸颊上。

第二章

夏之章

蝉鸣声响彻云霄。

不知道的人大概不会想到那是虫子的叫声吧？

仲夏的太阳热辣地照进院子的竹林里，淡绿色的光影洒落一地。

关根秋坐在自家檐廊上吃着母亲亲手做的柠檬冰沙，一边发着呆。

关根家是当地颇有名声的望族，历代都在司法界崭露头角。秋的祖父和父亲都是法官，亲戚中从事律师或是相关司法工作的更是不计其数。

在这栋纯日式的古老宅邸里，秋最喜欢的地方就是地板擦拭得发亮的黑色檐廊了。特别是夏天，把门整个拉开，听着庭院里竹叶的沙沙声，望着晃动的光影，打发漫漫长日，是他自小的乐事之一。

暑假已经过了两个星期，然而对准考生而言，战斗才开始。每天忙着应付补习和模拟考，总算比较有准考生的感觉了。今天是这阵子以来难得的空档，名副其实的假日。

从伫立在黑色石碑前的那一刻算起，至今已经快两个月了，这期间并没有特别的事发生，加藤托付给他的钥匙也一直被收在房间书桌的抽屉里。

开始上补习班后，秋和由纪夫、雅子、沙世子四人就经常聚在一起。

四人都在的时候，话题当然不会扯到“小夜子传说”上面，就算只剩他和由纪夫两人，他们也不再提起这件事。秋并没有告诉由纪夫石碑的事，再加上加藤也没来上学，由纪夫似乎认为那个游戏已经结束了。

秋愉快地过着四人相伴的夏天，用心准备考试，思索着津村沙世子到底是何方神圣，同时也犹豫该不该接下小夜子的任务。哥哥姐姐都曾当过小夜子，进高中以前就听说过各种传说的他，隐约觉得这是一种缘分，可是当真要扛起这份责任时，还是不免犹豫起来。他习惯扮演的是观众的角色，成为主角并不像他的作风。

也许让这个传说就此结束是最好的做法。今年的小夜子加藤已经无法行动了。只是，就算自己什么都不做，一切真能就此结束吗？

喵的一声，小猫黑兵卫在秋的膝盖边磨蹭。

“哇，傻瓜，天气这么热，不要靠过来啦。”

黑兵卫一脸无辜地窝进秋盘着的腿间。就像秋喜欢待在檐廊一样，秋的膝盖大概也是它最爱的地方吧。

“好热哦，真受不了。”

秋皱起眉头，将溶化了一半的冰沙送进嘴里。

这时，门口传来引擎熄火的声音。砰的一声，大门关上，紧接着传来玄关门打开的响声，母亲的惊呼，有人慢慢走近的脚步声。

“喂，秋，你在吗？”

是好久不见的父亲。

秋的父亲关根多佳雄是个大块头。秋也很高大，不过，父亲体格之魁梧以他的年纪算是罕见。他总是略弯着身子，沉稳地走进屋，说话也是不疾不徐、谦恭有礼。像明治时期的文豪一样，戴着副小圆眼镜；脾性难以捉摸，却让人无法忽视他的存在。父亲总是非常忙碌，秋从小便很少看到他在家，也因为上面还有大他好几岁的哥哥姐姐，父亲的年纪其实足以当他的祖父了，但是秋对这个父亲仍是十分尊敬。

“咦？爸爸，真难得，竟然在这个时候回家。”

“手边的工作突然闲了下来，天气又这么热，就干脆回来了。哦，你在吃好东西呢。老婆，我也要那个。”

父亲在秋身旁坐了下来。黑兵卫朝一家之主发出欢迎的叫声。

“老公，今天我会提早做好晚餐，你就少吃点吧！”

娇小的母亲和父亲形成强烈的对比，只见她端着装有冰沙的玻璃杯，快步走来。在家里，连父亲也要敬母亲三分。他很喜欢吃甜食，常东藏一块馒头、西藏一块羊羹，偷偷躲着吃，所以母亲管他管得很严。

杯里的冰沙少得可怜。

“小气鬼！”父亲抱怨归抱怨，却还是开心地把冰沙送进嘴里。

如果告诉父亲小夜子的事，不知他会怎么说？

不知为什么，秋看到一脸愉悦的父亲，脑海里便闪过这个念头。更令人不解的是，秋将这个念头付诸实行了。

不过自己受托成为今年的小夜子，以及石碑上刻着名字的事，秋略而不提。他向父亲娓娓道出小夜子的传说，以及名为津村沙世子的少女的种种。

父亲没说话，一边吃着冰沙一边认真听他说。

“爸爸，您怎么看那个女孩?”

“唔，”父亲扶了一下眼镜，看着秋，“她是个‘客人’。”

“‘客人’?”

“自古以来，就流传着神仙化身为旅人的故事。所以，这年头乡下地方不是还会大费周章地款待陌生人或过客吗?他们总会怀疑这该不会就是神仙的化身吧?”

“您说的是民间传说吧。可是她只不过是个转学生啊。”

“唔，或许她只是个转学生，可是在你们眼中，她跟陌生的外来者没两样吧?就算她真的只是个转学生，自你们视她为‘客人’的那一刻起，她就已经背上了那具十字架。”

“那‘客人’到底是为了什么而来?”

“你说呢?这是个永远的谜。或许，她是来试探你们的。”

“试探我们什么呢?”

“不知道。”

“总觉得怪怪的。”

竹叶猛烈晃动，风不停地吹。

津村沙世子是“客人”吗？她出现在这所学校到底有何用意？难道真是为了试探什么，才潜伏在我们身边吗？我们只不过是一群平凡的高中生，有什么值得“客人”试探的？

清风吹拂着秋，他思索着。

“不过，”父亲开口说，秋转向他，“要真是那么美丽的‘客人’，我也想见上一面。秋，下次你请她到家里来玩吧。”

“啊？”

父亲斜睨着一脸讶异的秋，似乎对自己的提议很得意。

夏天热得叫人提不起劲来，日子悠闲而漫长。

后半段的暑期补习开始了，四人几乎每天都聚在一起喝茶，不着边际地聊着天。聊的都是些无关紧要的话题：童年的回忆、学校八卦、常看的电视节目。尽管本人也不知道这些话题哪里有趣，可是就是聊不腻。像是有人催迫他们似的，四个人说个不停，即便是无聊的笑话也能惹得他们哈哈大笑。像是害怕谈话突然中断，又好像这个夏天不把话讲完，就再也没有机会似的，他们每天都呼朋引伴地聚在一起。

我们干吗这么拼命啊？

由纪夫觉得心浮气躁，同时又很满意现状。他觉得四个人一起度过的这个夏天真是太美妙了！当然，他也想跟雅子独处，不过却隐约觉得四人同行是更难得、更重要的事。况且，像这样四个人聚在一起的美好时光已经所剩无几了，这点他心里很清楚。就算上大学后重聚，也很难再有如此契合的感觉了吧。大概再也感受不到这种四个人各得其所、各享其乐的满足感了。

而且，四个人不约而同都有这种感受。

暑期补习终于迎来最后一天，暑假只剩五天了。

若是不能见到大家，她宁愿继续补习。新学期开始后，他们就不能像现在这样天天腻在一起了吧。

雅子总觉得有些落寞。

上完课后，四个人喝着自动贩卖机卖的咖啡，走出校门，大家似乎都不愿意回家，慢吞吞地走着。

“我说……”秋突然说话了，“这个月二十九号晚上，你们要不要来我家玩？”

“咦，去你家？”

“是啊，我爸一直说想见见我的朋友。”

秋对后来父亲还记得当时的提议感到惊讶，也没想到父亲竟然是认真的，而且连日期都决定好了。

“拜托啦。我爸是那种说风是风、说雨是雨的人。由纪夫已经见过好几次了，无所谓，可他是真的很想见见年轻女孩呢！”

“秋的家可大了。庭院里有竹林，池塘里有鲤鱼，还养了一只黑猫。秋的爸爸很有趣哦……”

“是个怪老头啦！”秋苦笑道，“虽然餐点不是很丰盛，不过准备了烤肉招待各位，所以拜托大家来陪陪老人家吧。”

“我有个提议！”沙世子突然大声喊道，“反正暑假也快结束了，干脆那天我们带着便当去海边玩上一整天，晚上再原班人马杀到关根家去！”

“哇，我要去！我要去！”雅子也很兴奋。

“当然啰，我和雅子会各自准备两人份的便当——雅子应该会做唐泽的那一份吧？”沙世子瞄了雅子一眼。

“才——怪。”雅子扮了个鬼脸。

“哦，这小姑娘最近很叛逆哟。”

“喂，你们该不会穿着泳装出现吧？”由纪夫兴冲冲地问道。

“傻瓜，这年头早就不流行到海边游泳了，何况夏天都已经接近尾声了。一边眺望海景，一边优雅地吃着早午餐，才时髦呢。”

“什么早午餐嘛，真无聊！”由纪夫嘴里嘀咕着。

“那好，我们就约十一点，在车站北口的剪票处见啰！”秋总结发言。

那天非常有夏天即将结束的感觉。

天空依旧晴朗，不改夏天本色，却已不再澄净、蔚蓝。仿佛罩了层薄纱的蓝天，正昭示着欢乐时光的消逝。

没有时间合适的电车，四人只好搭乘公交车前往海边。车上的乘客很少，他们并排坐在大巴的最后一排。

“你们说现在像不像是《毕业生》① 的最后一幕？”沙世子兴奋不已。

“和那一幕比起来，我们多了两个人哩。对了，那个像怪物的帽子是做什么的？”

“哼，才不是怪物哩。岁月不饶人，不注意紫外线可不行。”

“是，是。”

四个人背靠着座椅，随着大巴舒服地摇晃着。透过驾驶座宽敞的挡风玻璃看出去，就像从电影院最后一排看向屏幕一样。

“通往海边的路，真好。”雅子抱着背包喃喃说道。

“嗯。”由纪夫应和着。

“平常走在大街上，有没有哪条路会让你们觉得是跟大海相连的？我啊，每次上学经过‘碧阳卡’时总会想，顺着这条路再往前走一点，说不定就能看到海。”

“啊，我也这么认为。那里真的给人那种感觉呢！”

“这是为什么呢？”

暑假最后一个星期六的海边，比想象中还要冷清。特别是他们的目的地，岩石堆砌的防波堤上，更是空无一人。

---

① 《毕业生》(*The Graduate*)，一九六七年在美国上映的青春爱情电影，达斯汀·霍夫曼主演。

“我去买饮料。往沙滩那边走，应该找得到自动贩卖机吧？”

“啊，我也去！”雅子跟着由纪夫站了起来。

“我要乌龙茶。”沙世子把布垫摊开，举手说道。

“我要啤酒。”秋也举起手。

“秋，你抓那边。”

“好！”

两人各自抓住两端，把布垫摊在防波堤上。虽然他们试图铺平布垫，但海风太强了，始终铺不好。

“看我的。”

穿着蓝紫交错的格子连衣裙的沙世子脱下凉鞋，将其中一只往中央扔去，压住布垫。

“大小姐，这样很粗鲁哎！”

“别只顾盯着我的脚，赶快把那边的石头搬来我脚边。”

“你有什么好让我盯着看的？”

“你话很多哎，行了，这边也要放。”

总算铺好垫子后，两人开始布置场地。

“哇，好丰盛哟。真是难为津村的母亲了。”

“唠唠叨叨的，真不可爱。很抱歉，这是我一大早起来准备的。”

“啊，我讨厌吃泡菜！”

“不吃就算了！”

“到底是谁不可爱啊？”

“嘿，我只不过有话直说，诚实很好啊，哪里不可爱了？你自己还不是老爱观察别人吗？真是个怪癖，我才不会做这种事。”

秋吓了一跳。

“真是的，你以为没有被人发现吗？你以为我是谁呀？我可是后面长眼睛的沙世子！”

“呀，真是有眼不识泰山。”

“到底有什么好看的？成天盯着班上的人瞧。”

本想装傻到底的秋一时语塞，受不了沙世子紧迫盯人的视线，只好硬着头皮回答。

“我也不知道。也许是因为我喜欢摄影吧。我喜欢拍众人做事的照片。不是每个人都面向镜头的那种，最好大家都专注于手边的事，没有察觉我在看他们，那种情况最令我安心。就像我在外围拿着观测器，观看广大的世界一样。”

“咦？”沙世子对他的回答颇为意外，“也就是说，你想一直当个旁观者嘛。是害怕别人？还是不喜欢别人进入你的内心世界？还是讨厌自己随波逐流、媚众从俗？这就是关根秋的骄傲？”

“唔，应该都有一些关系吧。”

谈话中断，两人同时看向大海。

“为什么连海的颜色都不一样了？很明显的，这已经不是夏天的颜色了啊。”沙世子脸颊的线条柔和起来，喃喃说道。

“那是因为水温不同的关系吧。”

秋没多想就回答，沙世子听了似乎颇为失望。

“真是不浪漫的男生。”她嗤笑道。

两人一边嚼着西洋芹，一边沉默地望着海面良久。

“今年夏天好快乐哦，”沙世子依旧眺望着大海，说道，“要是能这样平平安安结束就好了。”

“嗯？”

秋看着沙世子的侧脸。

“这里啦，你们二位！”

下一刻，沙世子已经在向从远处走来的由纪夫和雅子挥手。秋还来不及深思沙世子话中的含意，野餐已经热热闹闹地开始了，时间在欢乐中流逝。

赶在太阳下山之前，四人返回车站。

“我先打电话回家，待会儿得去帮我老妈办点事，就约六点在校门口集合吧？从学校过去，路比较好认。”

“我也有事，县运动会的照片已经冲洗好了，我要去拿。”

“那我们两个就去买要带到秋家的礼物吧？就买‘潮村’的布丁蛋糕吧！”

“赞成。不过，‘潮村’蛮远的呢。”

由纪夫从口袋里掏出自行车钥匙。

“我的小铁马就停在那边，你们可以骑去。小心别把它压坏了。”

过分，真没礼貌！才不会弄坏你的破自行车呢！沙世子和雅子两人七嘴八舌地抱怨着，摇摇晃晃地骑着车走远了。

“嘿呦，沙世子你还蛮重的呢。”

“谁说的！因为是上坡，你才会觉得重啦。”

雅子气喘吁吁地骑上了通往学校的缓坡。虽然坡度不大，坡道却很长，载人骑车特别吃力。

一群男孩正从坡道上走下来，雅子眼角的余光瞄到他们，吓了一跳，是附近男校的学生。

——是那群一直纠缠沙世子的男生。

听说那群人品行不太好，成天打架闹事，有好几个女孩子曾吃过他们的亏。

怎么偏偏在这种地方遇上了。

雅子的心噗通噗通地跳。拜托，请让我们平安通过吧！

她们已经来到半山腰，处在不方便折返的尴尬位置。雅子佯装镇定，打算一鼓作气通过那群人，无奈他们的动作比她预想的快，认出沙世子的少年纷纷逼近，挡在自行车前阻断去路。

“怎么这么巧，在这种地方遇上了。哟，提着竹篮，戴着草帽，看起来很开心的样子。你们刚留下了美好的夏日回忆对吧？真好，我们也想请你们帮忙，替我们制造美好的夏日回忆呢。”带头的是一个长相刻薄的小眼睛男生，他以过分客气的语气说道。

这些人喝醉了。

雅子看着少年们的脸，心头涌上一股绝望。

眼看对方喝醉酒又人多势众，不知道会做出什么事——他们满脸通红、舔着舌头的模样，让她打从心底感到厌恶。

沙世子和带头的少年默默对望，静静地坐在自行车后座上。

“沙世子小姐老是给我钉子碰，今天请您务必赏光，给我个面子。”

“啊！有车！”

沙世子大叫一声，指着后面，那群男生愣了一下，忍不住转过头去，退到路两旁。同时，沙世子站了起来，朝雅子背后猛力一推。雅子借着这股力量踩动了自行车。

“快走！”沙世子厉声吆喝，让雅子头也不回地拼命踩着自行车往前奔去。

叫老师来！不对，叫唐泽他们和警察来！怎么办？沙世子还留在那儿！啊，老天爷帮帮忙啊！

“呸，那女孩我也蛮喜欢的。”闪到路旁的少年啐了口唾沫，朝沙世子围了上来，一共有五人。

“哎呀，既然沙世子小姐有此雅量，那就一个人好好地陪我们玩吧！”

他们嬉皮笑脸，色眯眯地盯着沙世子无袖连衣裙下的雪白臂膀。

沙世子默默站着，终于她莞尔一笑。

“真是的，难得人家想让这个夏天平平静静地结束。”

沙世子突然转身，快步向前走去。

少年们愣在原地。

脸上还挂着冷笑的沙世子回过头来，以倨傲的口吻说道：“磨蹭什么？赶快找个比较安静的地方啊！这不是你们希望的吗？快点，时间不多了。”

感到意外的少年们乖乖地跟在她身后。

沙世子昂首阔步走在前面。

走下坡道和国道旁的石阶，她迅速拨开河边茂密的夏季野草和已经变色的山白竹，往河岸深处走去——她的步伐坚定，像是清楚自己该往哪里去、目的地在哪里。

萧瑟的河边刮起晚风，众人的皮肤感受到一阵寒意，夜幕悄悄降临。

沙世子背对着河岸，突然转身面对他们。

“这一带，还保留着大自然原始的风貌呢。”

沙世子的背迎着河面吹来的风，脸上挂着微笑。

少年们似乎还搞不清楚状况，面面相觑，等候有人发号施令。

夕阳缓缓将所有景物融成一色，只有沙世子的脸像是打了光一般，白皙透亮。光是看着她的眼睛，就有种快被吸进去的感觉。在少年们的眼中，沙世子的身体变得神圣而不可侵犯。

风势强劲起来。

沙世子身后，茂密的山白竹沙沙作响。

“看，太阳就要下山了。太阳一下山，可是会跑出各种东西来！各种莫名的生物。嘘，听见了吗？”沙世子仰望天空，唱歌似的说道。

山白竹的叶子如波涛卷起，翻出白色枯干的内面。不知怎么的，那颜色让人看了心里发毛。

风吹得更猛了，沙世子的脸埋在自己的长发里。

然后，就在这个时候。沙沙！从山白竹里传出不同于风声的其他声响。

沙沙、沙沙，声音似乎不止来自一处，逐渐围拢过来，紧接着，一声低吼在脚边响起。

秋他们听完大惊失色、哭丧着脸跑来的雅子的陈述后，决定先报警，然后拖着正好在校的篮球队顾问吉田跑了出去。只不过从和沙世子分手到现在，已经过了将近三十分钟了。

——要是能这样平平安安结束就好了。

秋的脑海里，反复响起沙世子的这句话。

难道你认为无法平安结束吗，津村？

秋在心中这么质问沙世子。

沙世子的竹篮翻倒在坡道上。

“他们会往哪个方向去呢？”

四个人东张西望，看着眼前的岔路。

站在国道的大桥上，雅子“啊！”地指着下方。

“沙世子的草帽掉在那边。”

的确，沙世子那顶帽檐很宽的草帽就掉在河岸旁的石块间。

“在岸边。”

吉田老师抢先一步，从国道走下河岸。四人依次冲下颓圮崩塌的石阶。

四周在夕阳的橘光照射下显得昏沉，高大的野草生长茂密，遮蔽了视野。

大伙儿本能地放慢脚步，保持警戒。

强风迎面吹来。吉田忍不住捂起鼻子，一股难以形容的腥臭飘来，跟在后面的三人也闻到了。一时之间，分辨不出那是什么气味。

下一刻，吉田被什么东西绊到，险些跌了一跤。

“哇！”好不容易才维持住平衡的吉田看了眼脚边，随即又跳了起来。

从草丛深处伸出一只染血的手，正在挣扎着。

“救……”手的主人好像想说什么。

“救命……狗……”

吉田一行人走近，屏住气息，说不出话来。

他们闻到的，是血腥味。

他们鼓起勇气，朝草丛里窥探。

“别看，花宫！”

由纪夫突然挡在雅子前面。

草丛里，躺着好几具血淋淋的躯体，每具都是一边呻吟一边爬行着。

河岸的石块染上暗红色的斑点，像是天真的小朋友拿水管喷洒的水渍。

“沙世子呢？”

雅子紧贴着由纪夫的背，问道。镇定，虽然她拼命告诉自己要镇定，但嘴唇还是抖个不停。

由纪夫始终没有回答，像块石头似的僵立不动。

雅子抓住由纪夫被汗水濡湿的衬衫用力摇晃。

“说呀，沙世子呢？告诉我！”

远方，警车的警笛声逐渐逼近。

第三章

秋之章

校庆执行委员长设乐正浩正在做例行的晨间慢跑运动。

晚上早点就寝，日出时分起床，在小区里慢跑三十分钟，然后吃早餐、学习。人生在世，生活作息就得依循大自然的规律，这是他的一贯主张。特别是早晨，是他最喜爱的时光，因为这个时间能最敏锐地感受到季节的交替，可以感受到自己体内原始的能量。

九月即将结束。清晨走到户外，空气中已经透着寒意，让人感到秋天确实来了，很快就会迈入冬天。

今天也是整整跑了三十分钟，满脸通红跑回家的他，在晨曦中看到自家信箱里插着一只大信封。

抽出信封一看，他发现上面没贴邮票，更没邮戳，也没有寄件人的名字。黑色记号笔写着斗大的“校庆执行委员长　设乐正浩先生收”。

——是吗？终于来了。如果用邮寄，九月中旬肯定到不了，所以对方昨晚干脆亲自送来了？

听说九月一日、第二学期开学典礼当天，三年十班的教室里有人插了一大束红玫瑰，于是他和其他委员依照惯例，同时准备电影放映会，开始筹备校庆相关事宜。眼看着九月就快结束了，信箱始终空空如也，让他忍不住担心起来。

他慎重地抱着信封走进屋里。

虽然收到了剧本，接下来的工作才是重点。得先读过一遍，确定它真的足以在校庆时派上用场才行。

冲完澡后，他头上披着毛巾回到房间，拆开信封。里面装着打印出来的厚厚一叠剧本。

剧名《第六个小夜子》

呀，剧名还真贴切，他惊叹。也许可以直接沿用这剧名呢！

他继续读下去，脸色却越来越凝重。

“喂，大家好歹先决定活动方向嘛！”秋在讲台上大喊。

班上已经决定要参加校庆活动，然而最重要的活动内容却始终无法敲定。黑板上列着电影制作、开小吃店等老掉牙的方案，可见大家都只是说说而已，并没有真心想做。

老实说，升学考试已经进入倒计时阶段，此刻谁也不想承担这个重责大任，招来没必要的麻烦。只是，如今三年级学生已经淡出课外活动组，若不以班级的名义参加校庆，保住一处据点，到时将无处可去。虽然也有那种早上来点完名就偷溜回家的胆大学生，但校庆活动毕竟是高中生涯的最后一次高潮，如果什么事都没做就让它溜走，又觉得有点失落。

讲台上的秋很了解大家的心态，他自己也这么想，只是眼前的状况已经僵持了二十分钟，难免令人焦躁起来。

“那，只好从目前已经提出的方案里来表决了。”

“不会吧，都好无聊哦！”同学们异口同声地抱怨。

“没办法，已经没时间了。今天班会过后，如果还没向委员会提出节目内容，我们就不能参加了。”秋砰地拍了一下黑板。

“主席！”这时有人精神抖擞地举手了。

众人全看向他，举手的是沟口。他的小拇指上还系着红线，看来他尚未找到他的真命天女。

“请大家听听我酝酿了三年的想法。”

一片笑声响起。秋在讲台上抱着头。

“如果大家不认真听，我就不说了。”

沟口又一屁股坐回椅子上。

“我听，我听，我们要听！”

秋抬起头来。沟口站起身，戏剧性地环视一周。这小子很懂得掌控人心哪，看来他刚刚强忍二十分钟，就是为了制造效果。

“我们来办个‘歌声咖啡吧’吧！”

“啊？”同学们闻言全都张大了嘴巴。

“那是什么？卡拉 OK 吗？”秋反问。

“才不是呢，是‘歌声咖啡吧’。说来话长，我刚考上高中的时候，住在东京的伯伯把我叫去，说是要替我庆祝。那时，伯伯带我去了很多地方，我印象最深刻的，就是在有乐町高架桥下的啤酒餐厅。（什么伯伯呀！坐在教室角落的黑川啐道。）那是一间德式啤酒屋，店长和店员的歌声都很棒，他们会陪客人一边喝酒一边唱歌。只靠风琴和手风琴伴奏，桌上会同时摆上提词卡和菜单，都是些耳熟能详的曲目。在店员的美妙歌声和亲切笑容的带动下，客人们也不知不觉地大声唱起来。就连刚开始等着看笑话的客人，也因为唱歌使人心情畅快而跟着开怀大唱。卡拉 OK 只是自我陶醉的玩意儿，太无聊了。这可是校庆，大家想要的不就是同心协力的凝聚感吗？如果大家不能共同参与的话，就失去庆典的意义了。”

面对说得口沫横飞的沟口，秋双手抱胸，冷静地问：“可是，那是因为当时客人们都喝了酒，才会忘情地唱起歌来吧？在头脑清醒的情况下，又是大白天的，其他学校的学生和附近的大婶都会来哟，突然要人家唱歌，人家真的会唱吗？我觉得只会把场面弄得更尴尬。”

“不，才没那回事呢！重点是要制造情绪，炒热气氛。你瞧！‘让我们去森林吧！我亲爱的姑娘……’”

沟口突然放声高歌。体格壮硕的他，有着男高音般的浑厚嗓音。

“好！大家一起来！”

他很有技巧地带动，配上丰富的肢体语言，一旁的女同学不自觉地跟着唱了起来。

“就是这样！好！男士们也一起来！”

大家纷纷加入，形成有趣的大合唱。啦——啦啦啦！啦——啦啦啦！秋环顾着唱得起劲的同学们，喃喃说道：“这个班真的被诅咒了。”

“沟口歌声咖啡吧？”

看到秋带来的校庆活动报名表，执行委员长设乐当场愣住。

“秋，这是什么？”

“想知道？去问沟口。”

校庆执行委员会的办公室位于活动中心一角，狭窄的房间里，挤满代表各兴趣小组、班级前来交报名表的学生。

“沟口？啊，就是那个圆滚滚的家伙。嗯，‘歌声咖啡吧’啊。”

设乐重新念了一次，噗嗤笑了出来。

“这个有趣，我会去看的。”

“不知会搞成什么样呢。”

“对了，秋！”设乐突然压低声音，拉住秋的手臂，“小夜子出现了。”

“啊？”

秋端详着设乐的脸。少年的鹅蛋脸乍一看给人纤细的印象，其实内心很坚强。设乐的哥哥过去也曾担任校庆执行委员长，他很清楚小夜子的事。

“什么时候？”

“前天。大概是担心邮寄耽误时间，所以半夜亲自跑来把剧本投入了我家的信箱。”

“前天……”

前天晚上，秋被留在津村沙世子家里吃饭。从沙世子家出来时，已经快十点了，难道是在那之后？

“那，内容怎么样？”

听到秋的问题，设乐用食指和拇指比了个 OK 的手势。

“就算是你，我也不能透露详情，不过，今年的小夜子确实很棒，你就拭目以待吧！”

设乐自信满满的表情反而让秋更不安了。离开校庆执行委员会办公室后，这种不安的感觉依旧纠缠着他。

那一天……

尽管实在不愿意回想，可是那幕景象又自动在眼前重现。

目睹浑身是血、痛得在地上打滚的少年时，连警察都脸色大变。他们试着从其中一名被吓得连话都说不清楚的少年口中问出经过，勉强得知他们是遭到几条从草丛里冲出来、体型壮硕的野狗的袭击，它们见人就咬。被野狗突袭，加上大量失血，他们都有些精神错乱。少年们的伤势不轻，带头的那个更是受了重伤，手腕几乎被咬断，不需要截肢算是不幸中的大幸了。

当时，秋他们抱着绝望的心情，寻找沙世子的身影。然而，沙世子并没有在浑身是血的少年们中间。过了一会儿，他们才在河边的小土坡下发现已然昏厥的她。一问之下，才知道原来她被追到河岸时，因为山白竹长得太过茂密，没注意到身后就是悬崖，一脚踩空，跌了下去。跌下去时撞到了头，她马上昏了过去，因此不知道野狗攻击少年的事。所幸，沙世子身上虽有多处擦伤，却没什么大碍。

沙世子一副气定神闲的样子，雅子却扑向沙世子大声哭了起来。听到她的哭声，秋和由纪夫才恍如从噩梦中醒来似的，整个人放松下来。

隔天的报纸上，刊出了高中生遭野狗袭击的新闻，不过大概是警方特意关照，完全没提及沙世子和他们在一起的事。

之后，卫生所的人到那一带猎捕野狗，却一无所获。只在距案发现场约一百米远的地方，找到一条遭少年用尖刀反击刺伤、气绝多时的野狗尸体。（秋一行人那时才知道，其中一名少年身上藏有刀子。）

八月三十日，星期天。秋由父亲陪同，到沙世子家里赔罪。

沙世子的家位于市区一流地段的高级公寓三楼。

秋虽然不觉得有道歉的必要，不过他对沙世子家的成员极感兴趣，内心暗自期待。

“哪位？”按下电铃后，里面传来很有精神的应答。

“在下是关根。”

父亲弯下高大的身躯（今天父亲竟然穿和服来了），彬彬有礼地朝对讲机说。

“哎呀！”应门的人似乎是沙世子。

门立刻打开，穿着蓝色针织衫和黑色格纹百褶裙的沙世子快活地迎了上来。手腕上还包着触目惊心的绷带。

“你好。”

秋简单行个礼，父亲则摘下帽子点了点头。

“呀，这位该不会是伯父吧？”

“初次见面，我是秋的父亲。这次的意外全是因为犬子的疏忽。”

沙世子兴致勃勃地盯着秋的父亲。

眼前突然出现一个穿着和服、戴着帽子、身材高大的怪老头，仿佛时空错乱，也难怪她会吃惊。

秋瞥了父亲一眼。

“不，千万别这么说。总之，请先进来吧！妈妈，是我们班的关根同学，他父亲也特地一起过来了。”沙世子朝屋里喊。

“啊？”

屋内传来惊呼，啪嗒啪嗒，像是沙世子的父母跑了出来。

咦？秋心想。

什么嘛，两人都非常普通啊。

秋连招呼都忘了打，只顾着观察他们。

两人都还很年轻。既然沙世子是独生女，他们应该都只有四十出头吧。

沙世子的父亲身材中等，有点中年发福的倾向，戴副眼镜，是个长相敦厚的平凡男子。五官还算端正，但称不上英俊，感觉不出个性有何特殊之处。

母亲也是，不算美丽，应该说是可爱。身材纤细，给人很精致的感觉，和沙世子站在一起，就算说是姐妹也没有人会怀疑，身上还残留着少女的天真烂漫。

是这两人生出津村沙世子的吗？

秋不自觉地看向沙世子。即使和双亲站在一起，她的沉着美丽，全身散发出的旺盛生命力，都远远超过了父母。

看来，连在家里，津村都是那个发号施令的人。

秋如此推测着。

另一方面，沙世子的双亲则完全被秋的父亲慑服，满脸诚惶诚恐。真搞不懂到底是谁向谁赔罪。

“这一次让令爱受到惊吓，真是抱歉。虽说现在道歉无济于事，可是最初是我提议请令爱到舍下玩的。哎呀，真是对不起。”秋的父亲深深一鞠躬。

“对不起，都是我的错。”秋也一同鞠躬致歉。

“没这回事，”沙世子的父亲慌张地说，“我女儿脾气执拗，做事莽撞不计后果，我们都很清楚。都怪我们太宠她，把她惯成这样，说来惭愧。算了，这次事件对她来说未尝不是一个教训。倒是害大家这么担心，心里真是过意不去，我们才想道歉呢！”他的语气和缓，充满诚意。

一直低着头的秋和父亲好像得到特赦似的抬起头来。

“听您这么一说，我总算是放心了。”秋的父亲如释重负地说道。

接下来，在打理得干净整齐的客厅里，大家吃着秋他们带来的蛋糕（秋的父亲一开始就打算自己也要吃，才会选蛋糕吧），和乐融融地聊着天。

凡是跟沙世子一家搬来这镇上有关的事，秋都竖起耳朵仔细听，一句都不肯放过，当他知道真的只是父亲调职这么简单的原因时，不免有些失望。

秋的父亲，外表看起来虽吓人、威严十足，可是只要和他面对面坐下来聊过之后，任何人都会对他卸下心防。沙世子的父母也不例外，才聊了五分钟，就把他当作亲人般，推心置腹地聊了起来。工作的烦恼啦、搬家后的困扰啦，夫妻俩互不相让地抢着发言，有些话甚至让人觉得对外人说起实在不得体。

和秋坐在一起的沙世子看到这一幕，不禁发出“哇”的赞叹。

“干吗?”秋这么问，沙世子马上悄声说道:“我爸妈很怕生的，从搬来这里至今，我还是第一次看到他们这么敞开心扉跟人家说话。”

“可是，你完全不像爸妈，到底像谁呢?”

“很多人都这么说。”

秋看着沙世子手上的绷带。

“不过，真的是我的疏忽啦。真抱歉，竟然让女生受伤了。伤势还好吧?头部怎么样?做过检查了吗?”

“嗯，都没事了。只是小小的擦伤，头上肿了个大包而已。刚刚一直憋着笑，好痛苦哦。亏你装得出那副乖巧的模样，不过，你的眼睛可泄底了，亮晶晶地掩不住好奇。话说回来，秋的父亲很棒，不愧是秋的父亲。”

“这话是什么意思？当那个人的小孩可是很辛苦的。”

“呵呵呵，我想象得出来。”

“今后还请您不计前嫌，多多关照。”秋的父亲准备告辞了。

五个人一面行礼一面起身往玄关走去。沙世子的父母好像完全被秋的父亲收服了，依依不舍地一路送到门口。

对举目无亲、搬来陌生城市工作的年轻夫妇而言，这种爱管闲事的老头子或许很值得信赖吧？秋看着正在话别的父亲，心里想着。

“话说回来，这么美丽的小姐没被咬伤，真是太幸运了。我们平常看到的都是被人类驯养的狗，容易掉以轻心，其实动物身上还是潜藏着未知的野性哦。”临走时，秋的父亲看着沙世子，语重心长地说道。

“不用担心，我是‘哈麦伦的吹笛者’。我敢肯定，当时就算我在那儿，野狗也不会咬我的。”

“啊？”秋的父亲不解地望着沙世子。

“您可能不相信……”女儿没头没脑的一番话，让身旁的父亲连忙苦笑着补充，“这孩子很有动物缘。从小只要走在街上，附近的猫狗、小鸟啊，都会跟过来。去动物园就更神奇了，只要这孩子一靠近笼子，动物都会温驯地围拢上来，大家都觉得很不可思议呢。”

“哦？”秋和父亲同时发出惊叹。

“再见啰，下次一定要让我见见你家池塘的鲤鱼哦。”

沙世子笑着挥挥手，关上了门。

“那就是‘客人’吗？”回家的路上，父亲突然问道。

“是啊，很厉害吧？”秋回答。

“对秋来说，这担子好像重了些。”父亲叹了口气说道。

九月一日开学典礼当天，沙世子因为撞到头部，为了安全起见要到大学医院进一步检查，以感冒为由请了一天假。

于是，秋几乎忘了那件事——不，应该说他是刻意忘记的。

今年，就结束小夜子的传说吧？他心里一直这么打算。钥匙依旧躺在家里的书桌抽屉里。

然而，来到学校的他，却再次看到那只插着红玫瑰的花瓶摆在教室讲台上。

如果不是沙世子，到底会是谁呢？

秋轮流看着今天请假的沙世子和已经确定留级一年的加藤的空位。总之，游戏还在进行着——有人还想继续玩下去。若真是这样，也只能随它去了。反正，游戏继续下去，对学校来说是吉兆——秋决定这么想。

九月中旬，秋的父亲再次邀请沙世子、雅子、由纪夫三人到家中作客，热情招待他们。然后，就在前天，换沙世子回请秋到自己家作客。也许是因为没生男孩，沙世子的双亲对秋喜爱得不得了。

“果然，男孩子给人的感觉可靠多了。家里有你这么优秀的儿子，你母亲一定很骄傲吧?”沙世子的母亲毫不掩饰一脸的欣羡。

“关根同学，如果不嫌弃，请考虑一下我们家沙世子吧？她那牛脾气虽然不好应付，却很能吃苦，将来你要调派海外什么的，她都不成问题哟。”沙世子的父亲也一脸认真地说。

“是啊，我也赞成。这么一来，我们就可以跟令尊结为亲家了。”

“真是的，你们两个别太过分。”

尴尬的沙世子出言警告，他们却根本不理会，仍是开心地说个没完。沙世子的父母还跟少男少女一样天真，听说他们是大学同学，毕了业马上结婚，第二年就生下沙世子。

“别理这两个吃饱饭没事干的人。秋，到我房间去吧。”

“哇，这样好吗？去女生的房间。”

沙世子拉着秋往自己房间走去。

那是个非常煞风景的房间，只有书柜、大书桌和音响。乍看之下，还以为是男孩子的房间。

“好乱的房间哦，一点都不像女生的房间，幻想破灭了。”

床上堆满了书和CD。

“我可是乱中有序。”沙世子噘着嘴说。

“啊？这是你以前学校的课本吗？让我看看。”

“请便，已经很脏了。”

“咦？什么啊？你全都学过了吗？”

“嗯，我们二年级时就已经上完三年级的课程了。”

“哇，真不愧是N高中。那，津村你来我们学校，不会觉得功课简单得很没挑战性吗？”

“不会啊。之前的学校净上些无聊的课。上过那种课之后，根本不会有人想成为诗人或是物理学家。你不觉得很悲哀吗？还是这里的老师比较有个性，教学内容也比较丰富有趣。”

“也是。在日本，大家重视的是学历，反而不怎么看重真正的学问呢。”

“喂，你知道吗？光是T大和K大，就占了国立大学一半预算。被迫读了这么久没营养的书，我一定要考上其中一所，狠狠地花那些国家预算。”

“津村说的话真是偏激。我呢，充其量只是个不知变通的书呆子——啊，书呆子这个字眼，真令人怀念呢。其实，我并不排斥刁钻尖刻、吹毛求疵的升学考试。虽然大家都批评这个社会学历挂帅，但如果要你从明天开始，依个人喜好做擅长的事，表现出自己真实的一面，恐怕大家也会很困扰吧？大概会有许多人抱怨‘干吗不给我打分数就好？这样很伤脑筋哎。’我就是这种人。”

“敢说得这么肯定，正是你厉害的地方，你对自己有信心才会说那样的话。”

“没想到我也有被津村称赞的时候。”

像这样斗嘴的时候，津村沙世子的反应快、脑筋灵敏，是个非常有趣的女孩。再加上她看事情的角度很客观，让秋不觉得是在和女生对话。

秋惊讶地发现沙世子只不过是个生在普通人家的普通女孩。虽然并没有期待她住在深宅大院，有一对神秘兮兮的父母，可是摆在眼前再平凡不过的居家生活，还是让他觉得有些泄气，这也是事实。

名叫津村沙世子的女孩确实存在于这世上。她和自己一样，是个规规矩矩活了十八年的普通人。石碑上的名字仅仅是个巧合吗？难道加藤拼命传达给他的信息，不过是加藤自己捕风捉影得来的谬论？

就算想破了头，也想不出答案。

——哈，你就拭目以待吧！

设乐自信满满的表情浮现在脑海里。

现在真的只能静观其变了。

秋放弃了思考。

由纪夫有些忧郁。

第二学期期中考试已经结束，成绩始终不见起色。和雅子一样，他也以本地的国立大学为目标，不过，学年平均成绩不尽理想，连升学指导老师黑川也觉得他很危险。说到雅子，她是属于脚踏实地用功的那一型，尽管成绩不是很突出，但总能维持在一定水准，要考上应该没问题。

由纪夫向来只会在考试前临时抱佛脚，之所以撑到现在，全凭他引以为傲的魄力和体力。他总是不把学习当一回事，总想着淡出课外兴趣小组之后再来努力就行了。然而，一旦开始要用功了，周遭的同学也都比以往更用功，即使他拼命死记硬背，名次还是未如预期往前跃进。最近，雅子对他说“希望我们能上同一所大学”，这让由纪夫的压力更大了。

“啊！秋，把你的脑细胞分点给我啦！”

某日午休，沮丧的由纪夫忍不住抱头大叫。他正在做习题，一对答案，发现自己竟然全错，让他很生气。

“好啊。”坐在旁边写英语作文的秋头也不抬地盯着英语字典答道。

接着，他突然把头挨近趴在桌上的由纪夫，在他耳边小声说：“你知道五班的饭岛向花宫告白的事吗？”

“咦？”由纪夫跳了起来。

“‘我一直都很喜欢你，上大学之后请你和我交往吧！’”

“那，花宫怎么说？”

“她拒绝了。”

由纪夫抚着胸口，松了口气。

“饭岛认为是你害的，听说很恨你呢，”秋把视线移回英语字典上，“不过，花宫她主动跟你说想和你上同一所大学吧？你呀——有时间哀号，还不如多做一道习题。你的强项就是那股动物性的瞬间爆发力和集中力呀。”

秋的挖苦总是让人听了不觉得刺耳，真是不可思议。

“如果花宫考上而我落榜的话，不知道会怎么样。”

“花宫会说：‘由纪夫，不要气馁哦，明年再加油！’然后就此展开多彩多姿的大学生活，被大两岁的帅气学长抢走。”

“哇，我才不要！”

由纪夫再次做起习题来。

看来这次他是心甘情愿打算好好用功了。

又过了一会儿——

“不过……”由纪夫突然开口。

“不过什么？”

“我觉得秋和津村也很配哦。”

“是吗？”

“在津村眼里，我只是个笨蛋。我觉得她可是把你当作旗鼓相当的对手哦。”

“不行啦。”

“为什么？”

“父母双方都太优秀，两种血源会冲突，反而会生出傻乎乎小孩。”

“怎么会……肯定聪明伶俐。”

尽管每天上演着不同的悲喜剧，岁月依旧缓慢却确实地流逝，校园内的秋色也一天深似一天。

大家好像在等待着什么，好像在隐瞒着什么。可是，谁都说不出个所以然。

“沟口歌声咖啡吧”很快在校园里出了名，当大家放学后排练时，总会有一群不相干的人跑来凑热闹。

为了重现德国酒馆的情景，女同学们着手缝制民族风的戏服、窗帘和桌巾。菜单兼提词卡已经在印制，也开始筹措烹饪器具了。

两周前，由沟口主持的新奇古怪的歌唱练习正式展开。觉得好玩跑来看的其他班同学，也被沟口拉进来一起唱。

“我的脑袋里全都是《去森林吧》的旋律，一整天没断过。”由纪夫一脸哀怨地嘀咕。

“好啦，好啦，又不只有你这样。”

秋有气无力地安慰他。事实上，他自己的脑袋也被《*O Vreneli*》[①]这首曲子轰炸三天了。

不过，有件事秋有些在意。

“今年的保密工作做得很到家哎，完全感觉不到你们在练习。”秋把要刊载在校庆宣传手册上的内容完稿递交给设乐时，一脸佩服地说。

就算再怎么秘密练习，到了这个时候，哪些人会参与演出，大概

---

① 《*O Vreneli*》(噢！比芮纳莉)，瑞士民谣。

都曝光了。

设乐贼兮兮地笑着。

“因为今年可是特别制作呀。”

“这么有把握？”

“你很快就会知道了。”

秋已经不再患得患失了。反正，那一天就快到了。到时谜底就会揭晓，一切就会结束了。现在，只能全心全意地等待那天的到来。

校庆前一周。

雅子睡眼惺忪、摇摇晃晃地走进校门。

昨晚学习结束后，开始缝制起校庆要穿的衣服，本想缝一会儿就好，谁知做得太专心，猛一回神，已经凌晨三点了。

“雅子，你怎么走路摇摇晃晃的？”

被人从背后用力拍了一下肩膀，雅子连站都站不稳了。

“哎呀，很严重呢，你用功过度啦。”

沙世子为什么总是一大早就这么精神抖擞呢？早上起不来的雅子像是看到怪物似的看着她。

“咦？我八成也快生病了，我好像看到了奇怪的东西。”

沙世子指着校门上方。

校门口，一棵粗大樱花树的树枝上，挂着用红色灯芯绒布做成的晴天娃娃。

从下面经过的学生一边窃窃私语着:“这是什么啊?”一边往上看。

“是用来祈求校庆天气晴朗的吗?”沙世子偏着头。

雅子突然清醒了。

啊,那些事不是梦——插着红玫瑰的花瓶、被翻得一片狼藉的教室。那些事还在进行中。打从春天开学典礼以来发生的种种,在雅子脑海里一下鲜明了起来。

反正,雅子心想,胜负就要揭晓了,一切都会结束——她目不转睛地看着那个做工粗糙的晴天娃娃。

“红色的晴天娃娃出现了。从秋的哥哥算起,已经相隔九年了!”

“是啊。”

由纪夫一放下书包就兴奋地说道。但秋只是冷冷地回应他。

话说回来,究竟是谁写的剧本呢?

如果第六个小夜子是加藤,那剧本肯定不是今年的小夜子写的。

这到底是吉是凶?秋的脑袋再次陷入混乱的同时,也感到一股寒意。

这时,教室的扩音器突然传来广播。

“各位同学,这里是校庆执行委员会。今天临时以广播方式统一进行课外活动宣传,请大家仔细听。各位同学,请回座位坐好,仔细聆听以下宣布事项。”

好奇怪的广播哦，由纪夫心想。要分派什么工作给我们吗？

叩，手碰到麦克风的声音传来。

“大家早安！我是校庆执行委员长设乐。距离今年校庆，只剩一星期时间，这些日子以来，大家为了筹办活动，都留到很晚才回家，辛苦了！眼看就要大功告成，请大家小心，不要发生意外或受伤，打起精神一起加油到最后吧！

“此外，诚如大家所知，校庆的第一天活动只对在校学生开放，今年我们打算推出本校学生担纲演出的原创话剧。不过这场演出，并非由我们执行委员或话剧组成员来演。”

设乐突然丢下这句话，教室内一片哗然。

这家伙到底想说什么啊？

秋抬起头，盯着黑板上方的扩音器，意识到自己没来由地紧张起来。

“也就是说，今年这出戏，要靠全校同学共同参与才能够完成。每一年，特别是最近几年，有少数同学对这种活动觉得厌烦，从而缺席、逃避，这点不容否认。不过，今年我希望大家无论如何都要参加。否则，今年这场戏就没有开始，也不会结束。详细内容当天会向大家说明，总之，今年演出成功与否，和各位息息相关。如果大家以愚弄、取笑或置之事外的心情来看待，那么这场公演现在就算失败了。头一次碰到这样的演出，身为执行委员的我们也相当紧张，因为这出戏没有排练，一上场就是正式演出。我再强调一次，今年的活动得靠全体同学合力完成，希望大家能给予最热烈的支持。我讲完了，那么，接下来请副委员长跟大家说明一下校庆期间其他应注意的事项……”

教室内一阵骚动。

“什么意思啊？”

“我们也要参加演出吗？”

“干吗说话拐弯抹角？”

“简直是威胁嘛！”

虽然嘴里抱怨连连，大家似乎对这个活动很感兴趣。

设乐果然有一套，秋心想。

原来如此，因为全校学生都会参与，自然不会按照普通程序安排练习——话说回来，到底是怎样的一场戏呢？

设乐的预告，恐怕别有目的吧。他一出手就把校庆的气氛炒热了。校庆就要到了！全校学生重新认识到这件事。是的，校庆期间，可以做一些特别的事，将会发生一些特别的事。那一天越来越接近了——大家都有这样的感觉。

每个人都知道那件事，每个人都在想那件事，每个人都意会到长久以来隐忍在心中不敢说出的什么就要发生了。不过，就算这样，还是没人把众人心中的想法说破。所谓禁忌，还真是厉害。这里的上千名年轻人，照理说跟迷信都扯不上边，是什么力量让他们噤声不语，继续保守秘密呢？那股力量，在踏入校园的瞬间就充分感受到了，那是某种不可思议的压力。平常意识不到、早就忘却的记忆，竟在一瞬间被唤醒了。

为什么会这样？而且，为什么单单在今年想把小夜子的事公开化呢？

秋敏锐的神经强烈地感应到校园内有股令人畏惧的不安定能量，正如旋涡般打转，呼之欲出。

校园内杀气腾腾。

大家原定的粗略计划、心照不宣的如意算盘，校庆前夕开始破绽百出。船到桥头自然直的期望落空了，原以为不用花工夫的工作竟变得如此棘手，学生们的脸色变了，他们焦躁不安，争吵着，咒骂着，乱成一团。

另一方面，“沟口歌声咖啡吧”却慢慢呈现出全貌。

从邻近小学借来的风琴和手风琴已经运到；以红色为基调，用来布置店内的布幔也备齐了。男女服务生的服装也陆续完成。为了测量尺寸，女同学们着实费了一番功夫，最后总算做好了店长沟口要穿的服装：下半身是黑色制服长裤，上半身是翻领半袖衬衫加红色领结，再套件格纹背心。看过他试装的同学都对他的扮相赞叹不已。

“穿起来怎么这么搭啊！”

“不可思议——我知道了，沟口其实是德国人吧。”

一个同学不知从哪儿找来假胡子，粘上去之后，沟口成了一个无懈可击的德国餐厅店长。

校庆前一天，店长为服务生们进行最后的“职业培训”，准备正式上场。

校庆前一天，到处可见忙碌的学生身影。发号施令的吆喝声、铁锤敲打声整日响个不停，蓬勃的活力弥漫整个校园。

“不过一天时间就很有校庆的感觉，真是厉害，”由纪夫和秋坐在草地上，望着贴在教室窗户上的宣传单，由纪夫喃喃自语，“等三天一过，还不就剩一堆垃圾？学校这种地方，总是教你浪费精力在无聊的事情上。”

秋盘腿而坐，把玩着心爱的相机。

由纪夫也不管秋有没有响应，继续说：“说到浪费精力，那个‘小夜子’活动，不就是在浪费精力吗？那种事竟然可以一流传就是十五年。”

“嗯。不过，‘小夜子’活动有趣的地方，就在于当事人都是没见过、没经历过这个活动的人。”

“咦？”

“比方说，我们这届不是‘小夜子之年’吗？而接下来要演小夜子的，是现在还在读初中三年级的那批学生，绝对不是看过今年这个活动的人，这就是它有趣的地方。并不是看了今年‘小夜子’的低年级生升上高年级后，照单全收、依样画葫芦，通常当事人能参考的就只有留在执行委员会的手册，以及交给小夜子本人的信而已。即使演出同样版本的《小夜子》，每一次的演出也绝不会完全一样——每次都要凭借着传说和想象重新摸索。真是奇怪的活动啊——好像是在反抗上行下效的校园生活，又像是仿作的讽刺剧——每一次演出都是不可预测的。我想就算重演第一部《小夜子》，也与当初的意义完全不同。”

“可是，话说回来，上演这出戏到底有什么意义呢？”

“这将是个永远的谜。”秋发觉自己和父亲说了同样的话。

“客人”——或许小夜子本身就是个“客人”。若是如此，那我们这群人——包括津村沙世子——到底将接受怎样的试探呢？这个问题会有答案吗？

“不过呀——我听你和其他人讲了那么多，发现这个愚蠢的活动少说也持续了十五年，总觉得好像有某人的强烈意志介入，贯穿其间，主导着这一切。这一路下来，也遇到过好几次让这个活动无以为继的危机吧。有人不想干了，或是有人死掉了。因为三年才演一次，‘负责传递钥匙的小夜子’也有可能忘了把钥匙传下去，或是传递时不知道传给谁了，这样的事也不是不可能发生。可是，这不是好端端地延续下去了吗？它的神奇就在于即使有状况发生，还是有个力量会不厌其烦地修正轨道，让一切运转下去。”

“难得你说出这番大道理。”

“哎呀，这是我的直觉呀。你说，到底是谁的意志呢？”

两人陷入沉默，眺望着正在搬运照明设备的执行委员们。

也许明天就会揭晓了——本打算这么说的秋把话吞了回去。

“你今年也要拍照吗？”

由纪夫突然改变话题。这既是摄影组的活动，也是秋自己的兴趣，校庆期间，他会帮同学们拍照，隔天立即在摄影组展出。校庆结束后，这些数量惊人的照片会被分送给照片中的主角，这是秋从一年级就开始的习惯。

“嗯，今年我想试着锁定某个特定对象。”

“哦？真稀奇！”

“我不想再当义工了。今年我打算全拍津村的照片，再高价卖出。”

“啊，那我要买。”

秋意识到自己之所以脱口而出要把拍摄重点放在特定对象上，是因为他还在意着八月时在海边和津村沙世子的一番对话。沙世子当时确实踩到了自己的痛处。虽然他回答得很含蓄，说“都有一些关系”，其实才不止“一些”。他害怕别人走进自己的内心——也害怕深入别人的内心世界——觉得自己跟众人格格不入——秋深知只要稍微敞开心扉，这些感觉就会像山一样压得他喘不过气来。自己的傲慢、薄情、懦弱透过自己拍的照片，暴露在他人眼前，对他而言是最可怕的事。

今年校庆结束后，就替津村、花宫，还有由纪夫拍张照片好了。

秋当下决定。就为他们拍一张上半身的大特写吧！

于是，这一天终于到来了。

一个平淡无奇的寻常日子。

硬要说有什么地方不一样，大概就是天气比较暖和吧。

这天早晨，秋在上学途中就把相机拿在手里，一路从街道、校门、教学楼前、教室门口，尽情地拍着来上学的学生们。

进入教室后，他继续拍摄班上同学，直到“请大家到礼堂集合”的广播声传来，他已经用掉三卷底片了。

全校学生纷纷往礼堂移动。

刚步入礼堂，秋就被现场的紧张气氛吓到了。

他清楚感受到身穿同款T恤的执行委员们个个神经紧绷。一路嬉笑走来的一年级学生也慑于这股诡异气氛，立刻安分下来。

正面舞台旁的讲台上，执行委员长设乐已经恭候多时。

“各位同学，各班请横向坐成一排。每一排的最旁边都放有一张标明班别的纸张，从二年级开始，请依班级顺序从前面开始入座。二年级后接着是三年级，然后是一年级。坐在第一排的是二年级一班，最后一排是一年级十班。我再重复一遍……”

透过麦克风，依稀听得出向来沉稳的设乐此刻难得地有些激动。

礼堂的窗户全用遮光窗帘罩住，室内灯火通明。舞台上方垂着厚厚的幕布，是风格鲜明的深红色。

秋睁大双眼，环顾四周。执行委员们围着已经入座的学生站好，手上拿着纸箱，每个执行委员的腰际都用铁链系着一支小手电筒。老师们在礼堂角落面对学生纵向坐成一列。他们像是打定主意做壁上观，正悠闲地聊着天。

再仔细看，就会发现礼堂后面、两侧、二楼等地，都有负责照明的人待命。

“各就各位后，请大家尽量坐近，不要留空位。接下来我将花十分钟进行程序说明，之后大家可以提问。然后会有十分钟休息时间，这出戏将于十点整准时开演。”

设乐简明扼要地说明，学生们开始骚动起来。

“那么，现在每个人都会拿到一张写着号码的纸。拿到时，请确认是否和隔壁的人连号，每排的最后一位和前面的人是否连号。离我最近的那个二年级一班同学是1号，他隔壁的人是2号，再隔壁就是3号，依此类推，如果二年级一班的最后一位是40号，那么他身后的那个二年级二班的同学就是41号。再类推下去，最后一个人的号码——扣除执行委员，本校学生人数总共是1928人，今天有两名缺席，所以是1296人——因此最后一位就是1296号。请大家确认一下。”执行委员们敏捷地穿梭在队伍中，发给每个人一张对折的纸，纸上用红色记号笔写着大大的号码。

秋、由纪夫、雅子和沙世子并排坐在一起，他们的号码依序是：秋830号，由纪夫831号，雅子832号，沙世子则是833号。

“好，各位同学，都确认过自己手上的号码牌了吧？现在要开始讲解游戏规则了，我想大家多少心里有数了。大家念小学的时候，应该都玩过接龙游戏吧？不过，为防有些人不知道，我还是大概说明一下。这是小学毕业典礼常会举行的活动之一，学生们或缅怀小学生活，或向老师表达谢意，大家轮流大声念出一个句子，轮到最后一个人时，再齐声说出‘老师我们感谢您！’之类的话语。而身为高中生的我们，现在也将开始进行接龙游戏。”

会场内交头接耳，大家议论纷纷。

“不过，因为我们是高中生，所以没有排练，一次决出胜负。现场准备了执行委员精心制作、附有小手电筒的麦克风，说穿了，就是将麦克风和小手电筒用胶带捆起来而已。待会儿就依照刚才发放的号码顺序，从 1 号开始陆续传给下一个人，大家依序用小手电筒照着纸条上的内容，再透过麦克风念出来。纸上的内容一看就知道，都是很短的句子。例如，我从隔壁同学手上接过麦克风，念一句‘我是设乐正浩’，然后再传给隔壁的人。这大概需要三秒钟的时间，这样算起来（他拿出电子计算机），一个人三秒，唔，总共有 1296 人，那就是 3888 秒，以分钟计算，就是 64.8 分钟。这是预估的数字，实际情况会怎样还不知道，不过，差不多就是这个时间吧。啊，为什么要准备小手电筒呢？因为，这出戏最大的特色就是会场要保持一片黑暗（“啊？”惊呼声四起）。好，现在重点来了，请大家仔细听。各位同学，从你们现在所在的位置看得到这两盏警示灯吗？看不到或看不清楚的人请举手。”

设乐手上展示着警察巡逻车上常见的闪光警示灯。

“这个诚如大家所见，是红灯。”设乐打开红色警示灯示范了一次。

“这个是黄灯。”他再打开黄色的灯。

“这个红灯的作用，就是代替剧本中‘暂停’的指令。”

设乐喘了口气。

“比方说，当A在读的时候，如果红灯亮了，接过麦克风的B，在红灯还没熄灭前，不可以念自己的台词。”

啊，好难哦——台下出现这样的声音。

“那，另一个黄灯做什么用呢？它代表要迅速、大声地念。黄灯亮的时候，希望念的人速度能快一点。这个灯也是我们最担心的地方，毕竟之前没有排练过。不过，虽说要快，念的人万万不可慌张。再怎么说，如果大家听不清楚演出者念的内容，就算不上是一出戏了。大家完全不用在意抑扬顿挫，只要清楚地念出来，让其他人听得清楚就好！”

学生的私语声更大了。

“规则就是这些。总之，一路冷场也好，没有高潮也罢，都要坚持到最后一秒钟。虽然已经重复过很多次，不过我还是要说，紧张的气氛能否持续到最后，全看各位能否全力配合。有关内容的部分，我只透露一点，是一个人的独白。这原本是一个人演出的独角戏，现在我们变个花样，让全场1296人以接龙的方式来念。大家有什么问题吗？（场内鸦雀无声）如果没有，休息十分钟，好戏就要开场了。场内灯光熄灭后，请执行委员将麦克风递给1号同学，拍一下他的肩膀，我们就正式开始。嗯，希望大家都能好好努力！”

场内喧腾了起来。每个人都打开自己手上的纸片，读着上面的内容。念台词的嗡嗡声响彻整座礼堂，十分嘈杂。

雅子四人将彼此的台词凑在一起看，果然都是非常简短的句子，无法判断其中的意思。

“干吗想出这莫名奇妙的主意嘛，真是的。”由纪夫愁眉苦脸地念着自己的台词。

“我真不想一直待在黑漆漆的地方，要是睡着了怎么办？”沙世子大声说道。

“我会怯场啦。要是把黄灯和红灯的提示搞反了怎么办？红灯是停下来，黄灯是赶快念对吧？”

雅子不安地望着远处的警示灯。

秋不自觉地联想到“一百个故事”。那个游戏是一群人聚在室内，点上一百支蜡烛，每个人轮流说一个鬼故事，说完一个故事吹灭一支蜡烛，当最后一支蜡烛被吹熄时，真正的恶魔就会现身。此刻的我们，也许正要开始一个不可思议的游戏啊。

突然间，铃铃铃铃——铃声大作。学生们都吓了一跳。

众人瞬时安静下来，好像在这之前的所有喧闹都只是假象。诡异的静谧降临。

一千三百多个人在空旷的礼堂里，静默地坐着，这景象真是不可思议。雅子觉得自己快要窒息了，突然变得凝重的气氛让人受不了，到处听得到刻意干咳、清嗓子的声音。然而，这些噪声终究后继无力，现场再度笼罩在一片沉默之中。

看大家安静下来，设乐拿起麦克风冷静地说：“本来我不想说出这出戏的戏名，因为对我们来说，那是一种忌讳。不过，这出戏毕竟还是需要个名字，我刚才已经想通了。所以，我打算把它说出来。好，已经十点了，让我们一起为这出戏揭开序幕吧！戏名是——《第六个小夜子》。”

这句话仿佛是一个暗号，灯光全暗了，众人陷入一片漆黑。

一时间，大家有些局促不安，不过这只是一瞬间的事，众人随即恢复镇定。

眼前一片漆黑，雅子忍不住慌了手脚，然而两旁的人都静静地坐着，只有自己大惊小怪，实在丢人，她只好强打起精神。

嘎叽，传来厚重的幕布上升的声音。

音乐缓缓流泄而出。真令人怀念，不管听几次，都觉得整个人仿佛慢慢地往下沉，沉到古老的记忆深处。那是埃里克·萨蒂著名的《玄秘曲三首》①。

接着，感觉像是等了一个世纪那么久，舞台边终于出现手电筒的

---

① 埃里克·萨蒂（Erik Satie，1866—1925），十九世纪末二十世纪初法国作曲家。他的音乐风格独特，尽管不被归类于任何流派，却对后世影响深远。萨蒂最负盛名的作品就是《玄秘曲三首》（*3 Gymnopedie*）。

亮光，只见光点正往 1 号学生的位置移动。

紧张的声音响起，戏开始上演。

“各位，你们见过这只花瓶吧？”

那个声音虽然紧张，但是很清楚，是个有力的男声。这时，黑暗中红灯突然亮起。暂停。

投射灯往舞台上方打去。在那里，那只插着红玫瑰的花瓶仿佛炫耀着自身的存在，盘踞着讲台。美丽的玫瑰花灿烂地盛开，好像拥有自我意志的生物。由纪夫感觉时间像一下子被拉回四月开学典礼那天早晨，耳畔依稀听到新班级的吵嚷声。仿佛津村沙世子下一刻就要神色自若地走进教室。

红灯灭了。

“这是只非常有趣的花瓶。”透过麦克风传来摊开纸张的声音。

“至今为止，已经有好几个人，”

“把这只花瓶当作一种暗号，”

“放在教室里，”

“为什么要这么做，大家知道吗？”红灯亮了。

漆黑的礼堂里，像是拉起了一条绷紧的细线。

人的声音怎么会这么有趣呢？秋心想。差异甚大，各有特色，各有表情。在黑暗中，想象每个声音主人的模样，想象空间会更大。声音的主人或变成动物，或变成石头，似乎有各种可能。

“这只花瓶有某种含义，”

“它象征着这所学校。”（大家似乎已经习惯了现场的气氛，声音明显放松。台词逐渐按照稳定的节奏念诵下去。声音有男、有女、有高、有低、有粗、有细，好像念诵经文一般不断冒出来。）“话说大家已经度过十年以上的校园生活了，”“已经上学十几年了。”“学校这种地方还真是不可思议，”“难道你不曾这样想过吗？”“为什么要有学校呢？”“当然，这种事你早就知道了。”“没错，是为了让我们读书。”（念到这里，音调突然变得轻佻，有人笑了出来。）“可是，如果只是为了读书，”“在别的地方也可以读啊，”“你不觉得奇怪吗？”“请看向那边的教室，”“你看到什么吗？”“许多尺寸相同的桌椅，”“一整排方形的空房间，”“这些房间是做什么用的？”“没错，它们是容器，”“是装什么的容器？”

红灯亮了。暂停的时间有点长。

“装人的容器。”

念这句话的学生声音很沙哑，这句“装人的容器”释放出的冰冷寒意，让雅子心头一惊。“——是的，就是用来装你们的。”“学校这地方的功能就是把你们集中在一起，”“为了骗你们进来，”“大人制作了同款服装，”“还让你们一起学习，”“在狭窄的空间里容纳了四十个，”“甚至是五十个人。”“如果真要在这里生活的话，”“一次有四五十人，”“同时住了进来，”“根本无法想象是吧。”“不过，现在，”“大家面向前方，”“乖乖地坐上好几个小时，”“大家一同目视前方，”“听老师讲课，”“大家一起待在，”“这个地方。”

雅子开始有种错觉，自己像是做着一场醒不来的梦。在这片黑暗中，我静静地坐着。发出声音的位置，正一步步地移动——像涟漪般慢慢荡了过来。这座礼堂像是一架钢琴，有人正在弹奏它——而我们就是键盘。有个巨大的、无形的人正在弹奏我们。

“四十个人上同一堂课，”“四十个人就会想着同样的事吗？”“那可不一定。”

本以为这时会暂停，却猜错了。麦克风传到了下一排。

“大家乖乖地待在同一个地方，”“心里都在想些什么呢？”“今晚的菜色如何？”“放学后要去哪里玩？”“好想睡觉哦。”“在这个位置打瞌睡容易被抓到。”“怎么办？肚子好痛。”“好难哦，听不懂。”“同桌不知道考几分？”“好像成绩比我好哎。”“可是他的个性很差劲。”“他呀，”“在班上的人缘好，”“个子又高。”“在意别人的人是笨蛋。”“那家伙真讨厌！”“在课本上乱画。”“无聊。”“还有几分钟才下课？”“那女孩到底喜欢谁？”“在意谁？”（黄灯亮了。）“为什么那女孩会，”“选择他，”“而不是我？”“换作是我就一定会，”“反正我只是个，”“只要我肯努力的话，”不知不觉中，念诵的声音越来越大。“我看起来是怎样的人？”“别人都怎么看我？”“表面上跟我很好的人，”“背地里不会说我闲话吧？”“说不定其实大家都怕我。”“我是，”“我啊，”“我的，”

声音交错在一起。突然间，红灯亮了，像是要阻止这失序的声音。

场内再度一片寂静。好像水壶煮沸了被关掉火似的，温度骤降。

只听到小声继续流淌的音乐。

刚才是怎么回事？由纪夫想。麦克风传递的速度快得吓人。一想到在黑暗中，大家用令人害怕的速度传递手上的麦克风，就觉得很滑稽，也很恐怖。

“这么多，”“同年龄的孩子，”“聚在一起，”“大家各自想着自己的心事。”“学校，”“就是这样的地方，”“你放书包的那张桌子，”“你现在托着腮坐着，”“打瞌睡的位子，”“长久以来在同一个地方，”“一年前如此，”“之前几年也是如此。”“和你同年龄的某人，”“就坐在那里，”“手托着腮，”“打着瞌睡。”

红灯亮了。

“大家来来去去，”“做着同样的事，”“却没有一个人，”“注意到，”“我的存在。”

红灯亮了。

“我一直都在这里，”“一直在看着大家。”

红灯亮了。

“因此我，”“派了一个代表，”“帮我传达我想说的。”“我派了一个女孩，”“到你们身边。”

红灯亮了。

气氛逐渐凝重起来。

侧耳倾听的学生们开始觉得心里发毛。

不妙！秋心想。这出戏正朝着不好的方向发展，这样下去就糟糕了！不能说！那个人（那个人是谁啊?）打算说出不能说的禁忌。大家也开始察觉，演这出戏就像打开潘多拉的盒子。

设乐这个笨蛋！怎么会想要演一出这么危险的戏呢?

然而，火车已经发动——没有人可以阻止了。

“那个女孩的名字，”“就叫SAYOKO。”

雅子吓得全身打了个寒颤。SAYOKO正静静坐在自己身边。如果是我，在这种情况下被叫到自己的名字，一定会哭出来的。

“我先，”“准备了这只美丽的花瓶。”

聚光灯再一次投射在花瓶上。

“我最喜欢漂亮的花了，”“尤其是红花。”“美丽的花插在美丽的花瓶里，”“和我的少女们多么相称啊！”

后方传来某人的啜泣。一个一年级女生受不了这诡异的紧张气氛，哭了出来。她周围的女同学们则轻声安慰她，哭声变小了，又被幽幽流转的《玄秘曲三首》的旋律盖了过去。

“第一个小夜子，”“做得很好。”

“啊！”大家突然齐声轻呼。舞台上，花瓶后方，赫然出现了一个穿水手服的少女。因为聚光灯打在花瓶上，看不清楚那人的长相。

“她把我想说的事，”“很清楚地传达给大家。”“就这样，”“坐在这只花瓶前的，”“第一个小夜子，”“做了我的代言人。”——暂停。

“我，”“非常满意。”“因为这样，你们大家，”“听懂了我想说的话，”“了解了我这个人，”“察觉到我的存在。”“可是，”“两年过后，”“我又，”“有话想说了，”“觉得，”“还有需要补充的。”

暂停。

雅子渐渐感到背脊发麻。好可怕，总觉得这出戏好可怕。这些，不就是秋他们说过的故事吗？听到这些话，大家不觉得毛骨悚然吗？

“第二个小夜子，”“我实在很喜欢，”“从大老远跑来执行任务的女孩，”“长得很美，”“完全符合我心目中的形象。”

二楼突然亮起一盏灯，那里也站着一个人。灯光只打在脖子以下，只知道是个女孩。

“不过，”“遗憾的是，”“她，”“还没来得及将我想说的，”“告诉大家，”“就发生了车祸。”

叽——砰！二楼处传来逼真的撞车音效，学生们不由得吓了一大跳。突然，二楼的灯光消失了。

喂，这未免玩得太过火了吧？

秋仿佛看见一辆车在眼前燃烧，下意识地用手掩住脸。

谁来阻止这一切吧！

这个时候，他好像听到远处微微传来地面震动的异声。这是什么声音？不像是音效，也不像是扩音器的杂音。

学生们正一步步地陷入恐慌状态。可是，另一方面，他们又像被附身似的，继续念着台词，没有停下来。

“我很遗憾，”“觉得很不甘心，”“很沮丧。”“虽然想过马上再找其他人帮忙，”“还是忍了下来。”“再等一等吧！”“今年运气不好，”“在找下一个孩子帮忙之前，”“再稍微，”“把要说的话，”“整理一下。”“于是，”“我又等了两年。”

红灯倏地亮了，像深海怪鱼发出的迷离之光。

那开关真的是设乐在控制吗？该不会是灯自行明灭吧？

“话说，”“两年后，”“我吃了一惊。”“因为，第三个小夜子，”“是个男生。”

舞台上咔的一声，突然出现亮光。有一个人用手电筒照着自己的脚边。众人只看得到黑色学生裤膝盖以下的部分。

“男孩子，”“没问题吧？”“我很担心。”“不过，”“这个担心，”“是不必要的。”“他，”“很清楚我的想法，”“之前无法传达的话，”“连第二个小夜子的份，”“他都考虑到了，”“明明白白地说了出来。”“我真是太高兴了！”“真的是，”“太满意了！”

停下来，赶紧停下来！再这样下去，就会演到第六个小夜子，就会演到今年了。秋在心里大喊：“拜托，快停下来！”

此时的雅子捂住了耳朵。虽然不清楚是怎么一回事，不过，她就是觉得好害怕，害怕到不敢再往下听。由纪夫浑身直冒冷汗，他双手抱胸，瞪着舞台，好像被人用链条捆住似的。虽然他想移开视线，别过脸去，却动弹不得。

“接下来的两年，”“我就像在做梦一般。”“我的少女们，”“多么高明地，”“完成了这项任务。”“她们是多么优秀、”“乖巧的孩子啊!”“我回想着,”“几任小夜子,”“给予我的、”“和我共同度过的,”“无比幸福的时光,”“反复咀嚼着,”“就这样又过了两年。”

“可是,”(突然黄灯亮了。)

“可是!”(灯灭了。)

暂停。

“我,”“最讨厌,”“第四个小夜子了。”“她任性、”“傲慢,”“我想说的,”“她一句也不听,”“她”“连一句话,”“都不肯,”“帮我,”“传达。”红灯亮了许久。

“可是,”“她那样,”“或许,”“还算好的。”“第五个小夜子,”“消失了,”“消失了,”“不见踪影。”“在我,”“还没,”“传达之前,”“什么都没有,”“拜托她之前,”“就走掉,”“走掉,”“走掉了。”“第五个小夜子,”“什么回应,”“也没有,”“什么痕迹也没留下,”“掉头,”“走掉了。”

雅子心跳加速,甚至以为连周围的人都听得到自己的心跳声。然后,她察觉到远处似乎传来轰的轻微声响。

舞台上,不知何时站了五个人,他们默不作声地用手电筒照着自己的脚。前面两人、后面三人,有四个女生、一个男生。由纪夫极力想看清楚他们膝盖以上的部分。尽管他知道肯定是执行委员扮的,可是就是想看清楚他们的长相。然而他们的脸好像与黑暗融为一体,一个都看不到。

“今年……”

快哭出来的女孩先吞了口口水，才接着念。

“很精彩。”“好像为了弥补，”“我之前，”“的空白。”“同时，”“有好几个题材、”“好几位小夜子，”“出现，”“在我的眼前。”“我很感激，”“你们”“这几位小夜子，”“愿意，”“听我说，”“试着了解，”“我的想法。”“谢谢，”“我很高兴，”“也一直很努力，”“想把信息，”“传达给你们。”“然而，”（黄灯亮了，而且发了疯似的闪个不停。）“我，”“已经，”“不能忍受了。”“我已经，”“不耐烦，”“光靠你们，”“来发声了。”“我，”“觉得，”“还是，”“得靠自己，”“把话说出来。”“我，”“决定了，”“我要，”“自己，”“来当，”“第六个小夜子。”“没错，”“我就是，”“小夜子。”“我，”“来到，”“大家面前，”“来到，”“你们身边了。”“是的，”“我来了，”“我来了，”**“我来了！”“我现在，”“就在这里，”“在这里，”“在这里。”“没错，”“就在这里！”**

砰！巨大的碎裂声响起。呀！疯狂的尖叫声划破黑暗。大家同时转头看向音源所在的后方。好几个聚光灯往后方照去，光影疯狂地来回兜转着。坐在后排的一年级学生纷纷从座位上站起来，椅子碰得震天价响。绷紧的线终于断了，礼堂内一片混乱。紧接着，其他学生也跟着站了起来，那景象就像是后浪推着前浪。灯光打在后方墙壁上，只映照出一片惨白，什么都没有。

“是谁？”

“谁？”

“谁在那里！”

陷入恐慌的学生扯破喉咙大喊。到处乱跑、想逃出去的学生让场面完全失控，黑暗中兴奋和恐惧的叫声此起彼伏。铁椅相互碰撞，发出刺耳的金属声。

“灯光！”

“把灯打开！”

老师们喊着。

就在这个时候。

轰隆隆，猛然发出足以镇住大家骚动的可怕巨响，整座礼堂剧烈晃动起来。

“哇！”

激烈的摇晃让学生们不敢再动，大家就地坐下。

咚！传来地面震动的声音。

这时，设乐不经意地把头转向舞台。事后想起，他也不懂当时自己为何会这么做。

然后，他怀疑自己是不是眼花了。

舞台上，除了五个人之外，还照出第六个人的脚。是一双修长的腿，是女孩。

那一瞬间，他们像保龄球瓶一样整齐排列着。设乐确确实实看到，舞台上除了自己安排演出的五个人之外，还站着第六个女孩。

砰！耳边传来震耳欲聋的声响，礼堂一侧的巨大铁门倒下，地板猛烈震了一下。光线冷不防地射入阴暗的室内，一时间，在场所有人都睁不开眼睛，还来不及惊慌失措，就刮起了来势凶猛的飓风。啪啦啪啦，写着台词的纸卡被风卷起，在礼堂内四处飞舞。风势强得吓人，没人坐的椅子被狠狠地刮到角落。突然，在学生们眼前，出现了一幅被裁切成正方形的取景框，风呼呼地从那里灌进来。

“啊！”

“那是……”

猛烈的强风几乎让人睁不开眼，紧抱着雅子的由纪夫大声叫了起来。雅子也紧紧抱住他，看着那令人难以置信的景象。

如梦一般的景象。由纪夫事后回想时，依旧这么觉得。

正方形的开口呈现的风景，就和小时候在电影《绿野仙踪》里看到的画面一样。宛如水墨画的阴暗天空下，远方有个沙漏型的物体就像神经质的生物微微晃动着身体，耸立着。

由纪夫（事后问雅子，她也是这么觉得）甚至觉得它很美。好像有人故意把门打开，要让我们看到它似的。“你瞧，很美吧！”那人说道。那景象是如此缺乏真实感。

“龙卷风！”

有人喊道，但没有一个人移动身体，大家继续眺望那正方形的风景。

众人脸上流露的不是恐惧的表情，秋事后也这么觉得。当时大家以纯真、如梦似幻般的神情遥望着天边的风景，仿佛在观赏高超的魔术表演或科幻电影。接着，那生物缓缓移动，从众人的视线中消失。之后有人说全程历时长达一分钟，也有人说五分钟，甚至说二十分钟的都有，众说纷纭。

轰隆隆隆，声音逐渐远去。

寂静再度降临。

本地发生了罕见的龙卷风，时间是上午十点二十分左右。它从西南部斜着穿越整个城镇，向东北方移动。据说有近两百栋房屋遭强风吹倒，房屋玻璃碎裂的人家则达两千户以上。学生们从校园向下眺望市区，那道龙卷风行经路径留下的痕迹清晰可见。所幸无人死亡，但伤者超过三十人。龙卷风扫过的区域，被吹倒的树木、电线杆、翻覆的汽车等不计其数，可见威力有多可怕。

接下来几天，新闻不断地播放拍摄到的龙卷风画面，不过，大家都在争论自己看到的“更大”“更壮观”。

礼堂北侧的门倒了，北侧窗户的玻璃近半数破裂（所幸有遮光窗帘，碎片才没有四处飞散），其余的就是校园内有几棵树倒了，损害不大。大家商议的结果，决定只封闭礼堂，校庆活动在下午再度展开。

“喂，秋，你看那边！”

把椅子搬出来的秋，朝着由纪夫手指的方向望去。

那棵立有黑色石碑的樱花树，树干折断了。其他樱花树都没事，唯独那棵树好像被挑中似的，命运特别悲惨。

两个人不发一语地望着那棵树。

又回到这儿来的小夜子，是胜了，还是败了？

秋也不清楚。

邪魔似乎已经远离了，校园内顿时明亮起来。

再也感受不到那股紧张不安、在焦急等待着什么的气氛。大家也仿佛得到了解脱而恣意狂欢着，雅子心想。然而，根本就没有空闲细细品味这变化，因为连着几天，“沟口歌声咖啡吧”都盛况空前。有此一说，三天内入场的人数甚至超过四百人。身为店长的沟口拼命地唱，唱到最后一天，声音都唱哑了。别班的同学和老师都觉得有趣，连着光顾了好几次，所以一整天下来大合唱的歌声从没断过。服务生的工作虽然由同学轮流担任，但面对川流不息的客人，大家还是筋疲力尽。

“啊！累死了。雅子，我们去喝杯果汁吧！”

终于到了换班的时间，沙世子和雅子走出闷热的“沟口歌声咖啡吧”。

天公作美，前来参加校庆的人数不断增加，到处挤满了人。不过，作为展览场地的教室倒是蛮冷清的。于是，两人一边吃着冰淇淋，一边逛起美术组和书法组的展览。

“喂，这里，这里。”

“啊，是秋！”

在摄影展览室门口招揽生意的秋用力挥着手。

“喜欢哪一张，都可以带回家哦！”

展示板的一部分是秋费心拍摄的校庆剪影，密密麻麻地贴了一整面。

“哇，要挑哪一张好呢？”

雅子和沙世子站在展示板前，来回审视那些照片。十班同学的照片还蛮多的。有和老师勾肩搭背唱着歌的沟口，也有接待顾客忙得不可开交的女生们。

“讨厌，这种东西不要拍啦！”雅子抱怨着。

沙世子默默地从展示板上撕下一张照片递给雅子。照片里是把小孩逗哭、显得手足无措的由纪夫。雅子噗哧笑了出来。

“哎呀，好可爱。”

“哼，两情相悦真不错呢。我都看到了哟。大家因为龙卷风乱成一团时，你们俩还小手牵小手呢！如果那时我也坐在秋旁边就好了。对不对，秋？”

“对啊，对啊。老实说，我后来因为那个座位顺序后悔得要命呢！”秋附和道。

可是，雅子一边微笑一边回想。

那个时候，沙世子不在。大家从椅子上站起来、转头望向后方时，地面发出那声巨响时——那个时候，坐在身旁的沙世子，就已经不在了。

可是，不知道为什么，雅子并不打算去问沙世子这件事。

“好了，各位工作人员，终于到了最后一天下午，任务就要完成了。让我们做最后的冲刺吧！”声音有些沙哑的沟口店长喊道。

同学们自暴自弃地勉强应了声“哦”。

“倒是我自己不知道能不能撑到最后哦。”沟口按住喉咙，偷偷吞了一颗喉糖。

“沟口学长！”那头柔道队的两名学弟抬了一只纸箱过来。

“这是毕业的学长送的。”

说着，两人将纸箱打开。三人看到箱子里的东西不禁面面相觑。

校庆最后一天，太阳终于要下山了，收拾的时间已近。为了将剩余的三明治、果汁销完，同学们四处兜售，减价的叫卖声此起彼伏。

从五点起，有集体舞和轻音乐表演，这是校庆活动的最后一个节目。

校外来的客人陆续离去，取而代之的，不时地能听见拆折塑料看板、空果汁瓶被丢进垃圾桶的声响。

秋将摄影组的善后工作交给学弟，往自己班上走去。秋心想，都快四点半了，应该开始收拾了吧？谁知从教室里依旧传出手风琴的伴奏声和鬼哭狼嚎般的歌声。

一走进教室，秋就感觉到一股异常的气氛。

“喂，秋！”

“你回来了，秋！”

兴奋的男生们立刻迎了上来。

由纪夫对着一头雾水的秋，扯着大嗓门嚷着：“喂，也给秋来杯红茶！”

“遵——命！”

一转眼红茶已经送到。

“好，秋，把这个干了！好喝又能消除疲劳哦！”

秋遵照由纪夫说的，咕噜一声喝下红茶。“噗！”下一秒钟，红茶喷得到处都是。

“笨蛋！”“秋！”“脏死了！”“真是浪费！”

骂声四起，周围的学生躲闪开来。

“这是什么啊？”秋一边擦嘴一边叫道，“难不成加了白兰地在里面？”

而且分量还不止一点，至少有半杯吧？教室里的同学，不管男生女生都满脸通红地唱着歌，身处众人中心的沟口更是酩酊大醉。

终于收拾完毕的学生，在暮色中陆续离开了校园。

总是引人感伤的《水呀水》[①]的旋律，在这一场嘉年华过后的校园里流淌着。

秋照着原定计划，为了帮三人拍照，朝人群移动的反方向走去。拍摄地点早就决定了——就在校门口那棵大樱花树下面。

“喂，由纪夫，我特地帮你拍相亲照呢，你这副德行要怎么拍啊？去洗把脸，走一走，去去酒气！”

“好啦好啦！”

还带着醉意的由纪夫噼里啪啦朝自己脸颊拍了几下，慢吞吞地跑了出去。

“今天吹什么风啊？怎么会突然想帮我们拍照？怎么，转性了？”沙世子一脸调侃地问道。

“没错，我转性了。对了，有件事得跟你们报告。”

秋咳了一声，清了清喉咙。

“我在此谨恳求二位的原谅。”

秋一本正经地来回巡视两人的脸，沙世子和雅子愣在原地。

“要我们原谅你什么？”雅子开口问道。

秋鬼鬼祟祟地从口袋里掏出一张纸。

“不瞒你说，”秋看着纸张，正经八百地开始念道，“那个，我们摄影组，还有在下我，眼下都处于财政十分吃紧的状态，特别是今年

---

① 《水呀水》(*Mayim Mayim*)，以色列民谣。

拍的相片比往年多出许多，底片冲洗费用的筹措实在让人头痛。无计可施的情况下，我和由纪夫只好擅自贩售起你们两位的玉照。一张两百日元。呀，销路实在太好了，吓了我们一跳，想不到需求量会那么大。可恶，早知道该早点拿出来卖的——哎呀，失敬失敬。花宫雅子小姐的玉照总共卖了 31 张，底片就送给由纪夫，可以吗？——而，津村沙世子小姐的玉照，三天内竟卖了 139 张！很不得了吧？最令人讶异的是，买照片的几乎全是女孩子。不愧是津村，男女通吃！”

“好过分，怎么这样！”雅子涨红着脸抗议。

“什么不愧是津村，亏你说得出来！”一言不发、默默听着秋讲完的沙世子双手抱胸瞪着秋，冷冷说道，“为什么卖之前不先通知我们一声？”

沙世子来势汹汹，秋不自觉地倒退两步。

“因为，你们一定不会答应的嘛！”

“当然啊！你这是侵犯肖像权，我要去告诉你老爸！”

沙世子大发雷霆，简直气炸了。那样子就像恨不得立刻把秋掐死。

“对不起，对不起！这次总共有三万多日元的进账，下次就用这些钱请你们吃大餐，不要这么生气嘛！好啦，好啦……”

秋手忙脚乱地哄着两人。从那头回来的由纪夫，面对沙世子的凌厉攻势，很快就败下阵来，不停地打躬作揖道歉。在被骂到狗血淋头、低头认错之后，秋终于开始帮三人拍照。

远方传来集体舞悠扬的乐声，正在播放的曲子是《稻草里的火鸡》[1]。

沙世子最后一个拍照。尽管秋好说歹说，她的心情依旧不见好转，往常那灿烂的笑容好像被甩到了几百万光年之外。

“是我不对，我把全部积蓄都给你。拜托啦，笑一个！”

秋无力得想哭，拼命想哄沙世子一笑。

然而，秋的努力终究枉然。结果，那天拍出来的沙世子，是一个怄气闹别扭、鼓着腮帮子的少女。

---

① 《稻草里的火鸡》(*Turkey in the Straw*)，美国民谣。

第四章

冬之章

为何这所高中没有暖气设备呢？

进入十一月，清晨的气温日渐降低，穿外套来上课的学生也越来越多。刚进这所学校的时候，大家还愤愤不平地抱怨："这么冷的冬天，没有暖气，要冷死人吗？"可是现在还不是活得好好的？人真是奇怪。

三年级学生，被剥夺了高中生所拥有的一切快乐，如今他们除了是伟大的"准考生"外，什么都不是。在这紧锣密鼓的阶段，想必连家人都很紧张吧。不过，考生本人的感觉却很不踏实，就在他们成天嚷着"要考试、要考试了"的同时，转眼间冬天就到了。每天忙着应付次数暴增的小考，星期天还得去参加模拟考试，就在反复做这些事的同时，不知不觉已经被赶入"准考生"的牢笼里，逃不出来了。不应该是这样的——疲于奔命的他们憋着一口气，努力消化着每一天。

"我说准考生哪，"由纪夫呵着白色雾气说道，"还真是一群脱离现实的家伙。"

"怎么说？"身旁的雅子抬起头来望着由纪夫问道。

"我一直以为高三学生就应该愁眉苦脸、蓬头垢面、焦虑得不得了，其实不然。事实上，我们正站在人生的转折点上，积极面对人生。参加高考固然辛苦，不过，这可是我们人生头一件大事，就像参加庆典，应该是很振奋人心的。我认为高三生活反倒是最开朗、最快乐、最有趣的。”

“是啊，虽然我也说不上来，可是今年真的很快乐。不过，这跟脱离现实又有什么关系？”

“这个嘛，我也许解释得不好，不过我们每天往返于家里学校之间，不就是为了学习吗？可是学习本身就很超现实，像是学习物理或化学。我们骑自行车时，不会去想自行车是因为什么物理定律而行进的；扫厕所时，不会想到加入这种清洁剂，按照化学公式会发生什么危险，等等。这些学问都只能算是某种假设吧？也许假设这个词不妥当，不过，它们的确有可能全是骗人的。姑且称之为理论好了。我们每天坐在书桌前，读着这些理论，考得上大学与否，就看我们是否懂得这些抽象的理论。嗯，真的很不切实际哪，不过，这才是真正的现实。大家都知道现在背的这些东西根本一无是处，一旦考上大学，不，考试一结束，八成一个晚上就全忘了。可是父母和老师还是再三交代我们要用功，要努力。是啊，考上了的确很高兴，父母和老师也会替自己开心。不过，到底有什么值得高兴的呢？高兴有学校可以念、以后能找到好工作？还是高兴可以由着你玩四年？反过来想，落榜了又有什么好伤心的？天空不会因为你考不上而塌下来。只因为其他人都跑来恐吓你，告诉你考不上有多可怜、多悲惨，你才会觉得落榜是件很可怕的事。这就是诡异的地方。”

“由纪夫总是想一些莫名其妙的事。”

对由纪夫而言，这可是苦思后的道理，却让雅子一句话给打发了，不禁觉得有些气馁。

自从校庆结束后，他们已经是大家公认的一对。两人谁都没有开口告白，顺理成章地成为了情侣。不论是当事人还是周遭的人，都觉得两人的交往天经地义，现在他们经常像这样相约一起回家。

还真是不可思议呢！由纪夫看着雅子的侧脸想着。

四月时，他想都没想到事情会演变成这样。跟心仪已久的女孩子并肩散步、聊天说话，对彼时的他而言，根本是痴心妄想。眼前，他却和她肩并肩走着，好像这是再自然不过的事。

为什么我和她会同时在这里呢？（我们可以一直在一起吗？）

由纪夫忽然看向晴朗无云的天空。

另一方面，秋还在校园里寻找小夜子的踪迹。

校庆结束，他觉得好像有某种东西也跟着结束了。虽然那时他感到一种如释重负的安心感，但还是改不了东张西望的习惯，下意识地在寻找什么。

不过，小夜子真的消失了，再也不存在于校内的任何地方了。

秋在白昼明显变短的某天放学后，边望着因气温下降而起雾的玻璃窗，边坐在“碧阳卡”吧台前闷闷地喝着咖啡，让自己的心情沉浸在空无虚幻的失落感里。

校庆一过，“大家在期待着什么的感觉”瞬间消失。同时，津村沙世子也成了一点都不神秘的平凡美少女了。

那肯定是因为她再也不是“客人”的关系。我们不再以那样的眼光看她了。

不知怎么的，秋觉得有点寂寞。

开门声传来，有人坐到自己身边的座位。

“我可以坐这里吗？”来人是设乐正浩。

“啊，好久不见，请坐。”

虽然校庆舞台剧《第六个小夜子》演到一半就中断了，不过，那出恐怖的戏至今仍是大家津津乐道的话题。沾这出舞台剧的光，设乐也被当成英雄看待。

“来一杯美式咖啡。怎么样？你还好吧？”

“马马虎虎。真讨厌这种一点一点被人用绳子勒住脖子的感觉，希望升学考试赶快结束。”

“哦，从关根秋口中听到这种话真令人意外。不过我也有这种感觉，可是你不觉得一星期转眼就过去了吗？自从校庆结束后，总觉得时间过得特别快。”

设乐的咖啡送来之前，两人天南地北地聊着别人的志愿——谁报考了哪一所学校、谁又不打算考国立大学。

“喂，有件事我一直想问你。”

秋沉默了几秒，才对设乐说出自己的疑问。你就问吧！秋觉得设乐好像也在等他开口。

“就是那出《第六个小夜子》啊。演出中断时，应该只进行了不到三分之一吧？剩下三分之二的剧情到底是怎么发展的？真搞不懂你，竟然敢让这出戏演出。”

“其他人也一直追问我。我敢发誓，那真的是即兴演出。虽然工作人员设想了各种情况，不过，老实说，我们真的没想到演起来会那么恐怖。正式演出时，会发生什么事是无法预料的，所谓的集体心理还真是不容小觑。我读剧本时，一点都不觉得可怕啊。之后的发展有些老生常谈，身为第六个小夜子的‘我’将告诉在这所学校里度过校园生活的学生们，青春多么美好，在被称为‘人生实验室’的学校里，我们可以一起上课、一起毕业，是一件多么棒的事，那才是故事的主旨。原本的用意是希望大家看完后会感动。只可惜，演出时大家都不这么想，那些念台词的人八成都以为这是个恐怖故事吧？”

“你自己试试看在伸手不见五指的地方，只拿着一支小手电筒读那种台词。那画面怎么想都很诡异。”

“嗯，没有特定演员恐怕也是原因之一吧。如果是用一个人的独白方式来呈现，肯定一点都不恐怖，也不会产生那种奇特的紧张感了。”

“是啊。”

秋点点头，想起当时诡异的气氛。

没错，大家仿佛以为小夜子随时会从自己身边冒出来，害怕不已。那种恐惧无法形容，就像半夜看到镜子，阵阵凉意从脚底慢慢蹿上来似的。

“秋。”设乐突然低声唤道。

“嗯？”秋毫无戒心地看着设乐的脸。

“我最近发现一件很有趣的事。”

“什么事？”

“你要听吗？”

设乐突然认真地凝视着秋。他被设乐的眼神吓了一跳，不由自主地点了点头。

“最近这十年的小夜子全出自黑川的班级。”

“咦？”秋因为这意想不到的事实感到惊讶。

设乐睁大眼睛，靠近秋说道：“我调查过了。我查到了‘小夜子年’的正牌小夜子属于哪些班级，连‘只传递钥匙的小夜子’都设法调查了。”

“不会吧？”

“虽然我只查到七个人，不过他们全是黑川班上的学生。你说这会是巧合吗？”

秋一脸愕然。

确实，秋的哥哥跟他相差了九岁，他的哥哥姐姐都是黑川班上的学生。

秋的脑海中浮现出黑川戴着玳瑁框眼镜、一副道貌岸然的样子，他从没想过……

“为什么你会调查这件事？”秋直视前方，低沉地问，仿佛在喃喃自语。

“上星期我刚好有事到教职员办公室，黑川的座位就在我的班主任隔壁，我站在他们两人的座位中间，等班主任回来。黑川桌上摆着打字机，上面摆着打到一半的文件。我偷瞄了一眼，当下就觉得不对劲，我好像曾在哪里看到过相同的字体……”

“不会吧？”

秋的声音越来越小，设乐却正好相反，回答的语气十分肯定。

“《第六个小夜子》的剧本是用打字机打的。”

“应该碰巧只是同一种机型吧？”

“打出《第六个小夜子》的打字机，打出来的文件有个特点：第一行文字上方有条四厘米长的细线——黑川那台打字机上的文件，也有这样的线。”

秋目不转睛盯着设乐的脸，哑口无言。设乐的表情很认真，他刚才说的话不像开玩笑。

“为什么？”

“我不知道。”

两人把视线移开，端起冷掉的咖啡一饮而尽。

“然后呢？”

“就只有这样，我并不打算做什么，只是想到有这种可能，才调查看看。老实说，我一直想找机会告诉你。一个人揣着这样的秘密，实在太恐怖了。”

“真希望我没听到。”秋抱着头。

设乐轻松地笑了。

我不应该问的！

秋真的打从心里希望没听到。

怎么回事？心里逐渐蒸腾的无力、愤怒、不快，究竟怎么回事？

感觉好像有某人的强烈意志在里面。

由纪夫的声音在脑中响起。

那是指黑川的意志吗？那个传统名校的老油条，十年以上资历的明星教师？是黑川老师将好几届的无知学生当作猴子耍，让他们因为奇怪的传说疲于奔命吗？我们兴高采烈讨论着那个传说，并且广为宣传，是为了替他铺好要猴戏的舞台吗？

别开玩笑了！如果真是那样，他宁愿相信樱花精作祟的说法。

怒气一波波袭来，秋好不容易才压抑住。

“为什么呢？”秋喃喃地问道。

“我可没有非要找到答案不可。”设乐耸耸肩。

“再怎么说，”秋不快地看着设乐的脸，“如果是第二个小夜子写了《第六个小夜子》的话，今年不就是个大凶年了？”

两人凝视着对方的脸，各自想着心事。

某个星期六下午。

一下课班上同学全走光了，只剩雅子和沙世子还留在教室。两人挑了靠窗阳光照得到的位子坐下，边啃着面包边打毛线。雅子织着要送给由纪夫当作圣诞礼物的毛衣，沙世子则编织着收件人不明的围巾。

这两名准考生悠闲地织着毛线，乍看之下好像很轻松，其实她们正一边看着课本，一边你问我答复习着世界史。

“我在想，世界史和日本史哪一科题目会出得比较多。”

“我也是。”

“电脑阅卷唯一的好处就是都是选择题，即使写不出汉字，也不会被扣分。”

“没错。中国史一堆汉字，实在让人头疼，可是光是片假名也不好背。倒是古希腊、古罗马历史，每次读都觉得很新鲜。”

两人仿佛泄愤似的大口咬下奶油面包。

嘴里咬着面包的沙世子，将雅子织到一半的毛衣抢了过来。

“我看看，哇，雅子手真巧。好厉害，已经大致有个样子了。”

“你瞧。”雅子将织好的前半片毛衣放在身上比划。

“真好，唐泽由纪夫真是幸福啊！”

沙世子打了个哈欠，把织到一半的围巾轻轻往桌上一扔。围巾是用蓝灰色马海毛织成的，颜色颇为素雅。

雅子也放下毛衣，来回转动僵硬的肩膀。

阳光透过大玻璃窗射了进来，照亮了整间教室。

“我最喜欢冬日里的晴天了。”沙世子喃喃说道。

“为什么？”用吸管窸窸窣窣喝着牛奶的雅子问道。

“怎么说呢？感觉老天爷好像还没抛弃我们，你不这么觉得吗？”

“真像沙世子会说的话。”雅子双手往桌上一摆，趴在桌上说道。

“喂，沙世子在神户没有和谁交往吗？”

“我吗？没有。”

“喜欢的人呢？”

“嗯……好像有。”

“沙世子喜欢哪种类型的男孩子？”

雅子把脸转向沙世子。沙世子像祈祷一样，下巴搁在交扣的十指上，神态平静地望向前方。冬日的阳光从窗户直射进来，照得她脸颊上的汗毛和头发闪闪发光。

她真美，以后也许会更美，不过我还是觉得此刻的她最美。这么美的人岂是我能独占的？搞不好会遭天谴呢。

雅子愣愣地想着。虽然已经习惯沙世子的美丽，但大概是因为很久没和她独处，又看得入迷起来。

我这样很奇怪吗？明明自己也是女生。不过，如果我不是女生，恐怕就无法体会像沙世子这样的完美女性的存在是一件多了不起的事。对男生而言，只要是女孩全都一样，才不管女生自己的存在价值是什么呢！

“我喜欢唐泽那样的男生。”

雅子吓了一跳。

她抬起头来，看见沙世子认真的表情。

然而下一秒钟，沙世子咧着嘴，露出招牌的灿烂笑容。

“如果我这么说，你要怎么办？”

“不要吓我嘛。”雅子呼地吐了一口气。

然而，那一瞬间沙世子的认真表情，还是让她很在意。

（该怎么办？如果是真的话……）

雅子发现自己下意识地回想着沙世子以前的举动，想借此确认她是否真的暗恋由纪夫。

（如果是真的，我就太对不起沙世子了。）

“如果沙世子是认真的话，我根本争不过你。”雅子怯懦地呢喃。

“别傻了。”沙世子猛然回头。

“争不过的人应该是我吧。雅子，我才不像你想的那么了不起。我只是比较好强，比较懂得伪装自己罢了。你知道我多羡慕你吗？你不知道吧？你可能永远都不会懂，我想我这辈子是绝对争不过你的。”

沙世子语气激动，滔滔不绝地说了起来，令雅子十分惊讶。

“啊，我也好想交男朋友哦。”

沙世子无精打采地趴在课桌上。

“秋怎么样？”雅子试探地问。

“秋？”

沙世子抬起头，姿态不雅地把下巴搁在桌子上。

怎么她的睫毛会那么长？前端微微上翘，像两把小扇子。

不知不觉之间，雅子像欣赏艺术品一样瞧着沙世子。

“你们不是很要好吗？秋虽然总是板着一张脸，感觉很难亲近，可是面对沙世子时，他总能卸下心防，露出真心的笑容。虽然很多女生仰慕他，可是却没办法像沙世子那样很自然地和他说话。”

“是啊，他是挺不错的。不管面对任何事，都是一副胸有成竹的模样。”

“沙世子也是啊。”

“不，我只是比较会伪装而已，因为我太会伪装，有时连自己都会弄错，以为自己真有那么了不起。可是，他们就不一样了。当男生真好。像秋那样的人，可以想见前程似锦，让人既羡慕又嫉妒，忍不住想狠狠揍他一顿。我是想分享他的光明未来，才死缠住他不放的。是吗？我们看起来很要好吗？这么说，肯定有很多女生讨厌我啰。”

“真意外，沙世子这么羡慕男生啊？”

“我啊，最讨厌被人甩在后头了。男生都自顾自忙着，一转身就跑掉了。秋那种人，一看就知道会远远跑在前头，把你远远甩在后面。”

“所以呢？这代表你喜欢秋吗？”

“唔……当然是不讨厌啦。不过呢，还不行，现在还不行。”

“现在不行？”

“现在他跟我还是敌对关系。”

“敌对？怎么说？为什么你会用这样的字眼？”

“不行就是不行。”沙世子轻轻摇着头。

“也就是说，”由纪夫向前探出身子，“那两人自尊心都太强，不好意思先开口啰？”

“是吗？我不懂，为什么沙世子要讲得那么复杂，喜欢的话直接表白不就好了？”

在“碧阳卡”里，由纪夫和雅子边喝着红茶，边读着参考书。

“什么？秋和津村不是已经在一起了吗？”和容子并排坐在吧台的高桥转身说道。

“好像连告白都没有呢！”

“什么？话说回来，由纪夫你是怎么跟雅子同学告白的？”

啪的一声，由纪夫丢出的参考书以惊人之势朝高桥的脸飞来。

“我开玩笑的啦。”高桥苦笑道。

“嗯，不过，沙世子的个性比较像男孩子，他们一向平起平坐、称兄道弟惯了，突然要改变相处模式也很奇怪吧。照我说，秋还是适合那种温柔婉约的小女人。”

容子嘴里虽然念念有词地背诵英文单词，却把他们的话一字不漏听了进去，也加入了讨论。

（像唐泽那样的男生。）

雅子看着眼前的由纪夫，突然想起沙世子说过的话。

是啊，对沙世子那种强势的女孩子来说，或许眼前这个孩子气、少根筋、让人不由得想照顾他的男孩子会比较适合。

她突然觉得眼前的由纪夫十分惹人怜爱。

“嘿嘿，不过，我听说了哟。”容子忽然抬起头，一副看好戏的神情。

“什么？”

“三班的佐野美香子已经锁定关根秋，决定要放手一搏了。”

“哎！”三人都大叫出声。

佐野美香子长得纤细柔弱，一副楚楚可怜的古典美人模样，很能引发男性的保护欲。打从她入学开始，就深受男同学的欢迎，不过因为个性内向，又加上有点洁癖，追求她的人全都被她拒绝了。

“更厉害的是，她打算先找津村沙世子谈判，问清楚她跟关根秋是什么关系后，才要对关根秋告白。”

“咦，你是说那个佐野美香子吗？”

“我突然恨起秋来了。”

“个性越是柔顺的人就越是死心眼。”

每个人的反应都不一样。

“也就是说，她就要采取行动了？”高桥问。

“嗯。根据小道消息，下学期的结业式，她就会把秋约出去。”

“哟，正好赶上圣诞夜，聪明。”

“最重要的是，告白之后学校紧接着就放寒假了，有好一阵子不会见到对方，就算失败了也不会尴尬。”

“哇，秋要怎么办呢？”

四人都兴奋了起来，只怪最近的余兴节目实在太少了。

“津村会怎么回应才是重点吧。”

“真想看两位美女的对决！”

“虽然对佐野感到抱歉，我还是希望秋能和沙世子在一起，他们两人真的很相配。”

“我也是。不管怎么说，我都觉得沙世子心里是喜欢秋的。希望因为佐野美香子的介入，能点燃他们的热情！”

“我们还真闲哪，现在没时间扯这种事情了吧。”

嘴里虽然这么说，四人还是暗地里商量了起来。

准备入学考试往往使当事人成为宿命论者。

身为当事人总会忍不住无奈地想，我干吗要这么拼命念书？未来不是早就决定了吗？一切都是注定好的啊。如果一切自有定数，那么再怎么努力、焦急也无济于事。如果可以的话，真想把最后冲刺的这段日子像撕日历一样撕掉，直接跳过。然而，学校课程依旧每天早上从八点三十分开始，从第一节课上到第六节课，他们一道道地做着测验题，一一填入解答。

而且他们总算理解这是场孤独的战争了。必须把别人排挤掉，必须维持长久以来总是被称赞头脑很好的小小自尊心。至今很少失败的他们也深深感觉到这次自己很有可能会失败。

都已经到了这种关头，关根秋和设乐正浩竟然还有心思去管小夜子的事，或许会让人觉得讶异。不过，这就像是明知隔天必须早起还熬夜晚睡；或是越接近考试就越是放不下推理小说，津津有味地看闲书的道理是一样的。

就这样，十一月某天放学后，出校门时偶遇的两个人又凑在一起。他们嫌常去的“碧阳卡”没意思，转移阵地到车站后面的咖啡店，那家店用木板隔成卡座，让人不知不觉就会坐很久。

“在那之后，关于黑川，你可有发现什么新情况？”秋问。

“别傻了，他又不是我的班主任，我能知道什么？况且，我不是说过了吗？我又不是非知道答案不可。”

两人都在想，关于小夜子的事，黑川涉入到底有多深？

如果一切都是他在操纵的话，那么长久以来关于校运兴衰的可怕传言都将失去意义。

“喂，秋，你上次不是说过‘如果是第二个小夜子写了《第六个小夜子》的话’，那是什么意思？第一个小夜子又是谁？”

“我说过那种话吗？”

“别装蒜了。你老实说，今年的小夜子究竟是谁？你知道吧？是你们班的同学，是你吗？”

“不是我。”

“那是谁？”

秋被问得哑口无言。如果这时说出加藤是小夜子，就必须把自己知道此事的经过和盘托出。说出那段经过，就等于道出津村沙世子跟此事有关。像是加藤想偷沙世子的钥匙而翻遍全班同学的书包；还有虽然他没来上课，却有人代他插花一事。

秋犹豫了。对方是设乐，告诉他倒无妨，只是，他能理解那么莫名其妙的事吗？

秋无意识地将视线转向窗外。从这家位于二楼的咖啡店，可以清楚地看到他们的学校。此刻，矗立在小山坡上的校舍在快速西沉的冬阳笼罩下，仿佛中世纪的城堡，蒙胧地浮在窗外远远的那头。

就让设乐看看那块石碑吧！

突然间，秋的脑海闪过这个念头。

先让设乐看看碑上刻的名字，再对他解释春天以来发生的一连串怪事。

秋站了起来。

“干吗？你不肯告诉我吗？”设乐不满地看着秋。

“不，我会告诉你的。我们先回学校，我有东西要给你看。你有没有看过操场那块石碑上刻的名字？”

“没有。名字？有那种东西吗？”

“你看了就知道了。”

看到秋严肃的表情，设乐顺从地跟着他走。两人不发一语离开咖啡店，快步走回通往学校的马路。天色已黑，他们不断地跟赶着回家的学生擦肩而过，突然有种奇怪的感觉，好像时光逆转，又好像影片倒带似的。

两人迅速闪进校园，尽可能不被人发现。

三年级学生已经退出的兴趣小组传来的吆喝声，有气无力地在校内回荡着。

他们来到通往操场的石阶前。

仔细想想，从春天结束后，他还是第一次来。秋仿佛又闻到了当时那微温的雨水味。自那之后，已经快六个月了。校庆也结束了，原本以为一切都结束了……

“咦，都这个时间了，难不成两位在约会吗？操场有什么好玩的？”

两人吓了一跳，停下脚步。

还没回过头，秋就已经知道来人是谁。

这天终于来了，竟以这意想不到的方式面对面。

夹杂着绝望和兴奋的情感不断地自体内冒出。

他害怕跟她正面对决，希望能不摊牌就不摊牌，虽然他也觉得不能跟她摊牌是个遗憾——可是万万没想到这一刻还是来了。

秋缓缓地回过身来。

眼前站着的，是一名少女。

津村沙世子两手拎着书包，挺直身子望向这边。

秋目不转睛地看着沙世子。她的眼神中透着笑意，一副看穿一切的表情。平常在教室里谈笑风生的活泼少女仿佛换了一个人，她全身散发着跟白天不一样的负能量。

话说回来，这家伙哪来这么强的气势？仿佛她早就看穿了我的恐惧。而针对敌人的弱点予以各个击破、打败加藤和那伙高中男生的，可能与哮喘和野狗都没关系，而是这股气势。

说不定，此刻我面对的是个非常可怕的怪物？

“哎呀呀，这不是沙世子小姐吗？您用功完正要回家吗？”

虽然设乐并不知情，但仍以开玩笑的语气试图转移沙世子的注意力，让她不致察觉两人的目的。

“别担心，我会负起责任，把小姐您的关根秋安全护送回去。”

设乐说完后，对沙世子挥了挥手，又跟秋使了个眼色，暗示他该走了。

沙世子的视线依旧只盯着秋。

“咦，这是在下逐客令吗？说吧，你们两个把我支开，在黄昏的校园里鬼鬼祟祟，到底想干什么？看来好像非常有趣啊。喂，秋，让我也参加好不好？”

设乐满脸困惑地看着秋。

然而，秋只是盯着沙世子，没有搭理他。

沙世子的眼神非常平静，却闪烁着难以形容的怪异光芒。

秋觉得这好像是他第一次和这个名叫津村沙世子的少女四目相

对，不，感觉又像是第一次和他人互相凝视。这家伙洞悉一切，她知道我们要干吗、要去看什么。

秋决定了，既然如此，就让她一起同行吧。等她看过那块刻着自己名字的石碑后，看她如何解释、会有什么反应。

“好啊。津村也来吧！我让你看件有趣的东西。”

秋撇下还在迟疑的设乐，和沙世子一起快速步下石阶。三人默默走下阶梯。

设乐正浩是个聪明人。秋刚才仿佛冻结的脸，坚持要跟来的沙世子，他在脑海里回想两人的表情，盯着他们的背影往下走，这时，一个异想天开的怀疑在他心里逐渐膨胀，无法克制。

难道津村沙世子跟今年的小夜子有关系吗？可是这女孩不过是个初来乍到的转学生啊！

冬季枯萎的灰色杂草被踩得沙沙作响，三人朝樱花树倒下的方向走去。颓倒的树干早就被移走，只剩黑色残株从草丛里冒出来。

秋的心跳加快，仿佛要配合心跳的速度，他加快脚步，朝黑色石碑所在的位置走去。

印象中，石碑应该在这里的，可是不管怎么找就是找不到。

“奇怪。”秋拨开杂草，一脚踏进荒芜的草丛里。

“秋。”设乐抓住秋的手臂，指着脚下。

脚下散落着黑色的石头碎片，石碑只剩底座还埋在土里，残破不堪。

秋呻吟出声，当场蹲了下来。石头碎片散落一地。

“是龙卷风造成的吗？”设乐惊讶地喃喃自语。

“怎么可能？如果是整块碑倒掉的话也就算了。不对！这肯定是有人拿重物砸坏的，否则不可能碎成这样。”秋恨恨地说。

秋和设乐突然想起什么似的，望向身后的沙世子。

沙世子蹲在草丛旁边，拣起散落的石头碎片，用手指拨弄着。

“我曾听别人说过，这块石碑纪念的那个女孩子的故事。”沙世子把玩着石头，低声自语。

秋和设乐面面相觑。

“她一定感到很遗憾吧？”沙世子依旧蹲在地上，秀气的双眉微蹙，凝视着碎片。

“你们能想象她的心情吗？如果我现在突然死掉的话，我会怎么想？人生就这样莫名其妙地结束，什么都没有了，我一定很不甘心，无法接受吧。我敢肯定，连她本人都不明白自己的人生怎么突然就结束了。”

“如果是津村的话，一定会化成厉鬼出来作祟吧。”秋站了起来，讥讽地轻笑出声。

“嗯，我会回来，一定会回到人世的。”

沙世子继续寻找其他碎片，集中在手心里。

“与其说怨恨，倒不如说生气比较恰当，那是一种无法原谅的心情。”

“无法原谅什么？”设乐问。

“首先，会气那个毁了自己人生的人。为什么？为什么是我？光这样就够让人生气的了。然后，会开始对这所学校生气。就因为转学到这里，就因为跟那种无聊活动沾上边，才会弄成这种下场。接下来，她会对和自己同龄却还有很长一段人生的其他同学生气。我的人生已经结束了哟！为什么你们还有未来？我已经死了，凭什么你们可以这么心平气和、理直气壮地活着？”

沙世子站起身，一口气把收集到的碎片全扔了。

石头零乱地散落在脚边。

三人不发一语地杵在原地。

“该住手了吧？别再做这种无聊的事了，”沙世子低沉地说道，“校庆都已经结束了，快乐的高中生活也所剩无几，你们还有什么不满意的？成绩好，朋友多，马上就是个快活的大学生了，干吗要跑来这种地方，偷偷摸摸地挖石头？你们应该还有很多正经事要做吧。”

这是什么意思？是警告？还是威胁？

秋觉得自己好像是个调皮的小孩，被年长十几岁的阿姨训了一顿。

“这里好冷哦，我要回去了。对不起，打扰两位了。我先走一步，两位请自便。”

沙世子提起书包，刻意抖了一下身体，匆匆忙忙地转身走了。

“那家伙怪里怪气的。”设乐总算开口了。

“事实上，我从春天开始就这么认为。”秋把手插进裤子口袋，悠闲地迈开脚步。

远远地，沙世子正轻快地爬上石阶。

“秋，那石碑上到底刻了什么？”设乐跟了上来，与秋并肩同行。

秋不发一语，紧盯着少女远去的背影。

假设，津村沙世子和第二代小夜子有血缘关系，有没有这样的可能呢？

生物课上到一半时，秋的脑海里突然冒出这样的念头。

第二个小夜子是从哪里搬来的呢？如果两人是亲戚，姓自然一样，那同名同姓的概率就大多了。孙子以祖父母的名字命名的事也时有所闻。一直以来，他都以为两人同名同姓是单纯的巧合，或藏着什么玄机，不过，也不能排除两人是亲戚的可能性。

午休时间，秋在教务处附近徘徊。他编了个借口，说哥哥托他来查学长的住址，顺利进入办公室，对方答应他可以翻阅历年的毕业纪念册。

他先把早哥哥一届的毕业纪念册抽出来，假装抄写，暗中寻找第二个小夜子那届的纪念册。如果知道她当时的住址，说不定能查到些蛛丝马迹。

最好有本人的照片，他真想看。

秋的心脏扑通扑通地跳。如果两人有血缘关系，应该会长得很像。

他手忙脚乱地翻找毕业纪念册。看样子过去也有很多人来翻查过，原本按照毕业年度先后排列的顺序全被打乱了，有的册子封面上的文字已经磨损，连学年都无法辨识。纪念册是用硬纸盒装着的，如此一来，他只好一一抽出打开来看。

结果，他还是没找到。明明前后一年的毕业纪念册都还在啊。

当他抽出塞在老旧书架最深处的那一本时，不禁咦的一声。好轻，只有盒子，里面的东西不见了。

（不会吧？）

秋仔细查看了这只脏兮兮、破损的纸盒外侧，这确实是他在找的那本毕业纪念册。

（里面的东西被抽走了。）

秋一阵晕眩，觉得地板像在摇晃。对方看透我的心思，被人捷足先登了！他不由得感到背脊发冷。

慢着！他试着调整心情。

那人之所以把东西拿走，是因为害怕被别人看到吧。也就是说，两名沙世子之间果然有什么关系。她们真有血缘关系吗？

不过，他转念一想，对方是什么时候拿走的？何以见得人家把纪念册抽走就一定是为了第二个小夜子的资料呢？说不定，是一个毫不相干的人拿走的，不过是想要查一下那一届某人的住址什么的。

秋怅然若失。结论只有一个，他无缘见到第二个小夜子长什么样子了，就是这么回事。

死心后，他慢吞吞地收拾毕业纪念册，册子拿在手里还挺沉的。

他没有发现，透过微开的走廊窗户，教务处外的黑川正目不转睛地看着整理纪念册的自己。

进入十一月底，大部分学生连上课都舍不得把外套脱下来了。

雅子挤进校门旁的小卖部买了面包，小跑步穿过冷飕飕的走廊回到教室。这条朝北的走廊实在冷得让人受不了，冬天连课间休息时都几乎没什么学生走动。

“花宫同学。”

雅子正要打开十班教室的门，突然听到一个女孩在唤她。十班教室位于走廊尽头，紧邻着楼梯。楼梯口，一名少女站在那里探头探脑。

“啊！”雅子吓了一跳。是佐野美香子。

“麻烦你，帮我叫津村同学出来。”佐野美香子的声音温柔可人，却隐含着不容拒绝的气势。

“好，好。”

雅子慌忙打开教室门，进到室内，随即把门关上。在这么冷的冬天，若开门后不立刻关上是会被骂的。

怎么办？怎么办？雅子的脑子里一片混乱，往沙世子的位子跑去。

“沙世子，有人找你，在楼梯口。”

“有人找我？谁啊？男生还是女生？”

“是女生。”

“知道了，如果是男生就好了。”

沙世子轻快地跑了出去。

目送沙世子出去后，雅子一脸苍白地跑去找容子。

“怎么办？小容，佐野同学来了。”

“啊！这么快？伤脑筋，计划全被打乱了。”

“看来我应该骗她说沙世子不在的。”

“这样的话马上就穿帮了。”

“唉！”

“唔，先看沙世子如何反应，再来商量对策吧！”

两人迅速交换过意见，冲去打开靠走廊的窗户，偷偷观察外面的情形。她们看到沙世子的背影以及表情坚定的佐野美香子。

“听得到吗？”

“听不到。啊，已经讲完了。”

两人关上窗户，急急忙忙回到座位。

“是什么事啊，沙世子？”容子佯装不知情地问沙世子。

“她说想跟我交往。”

“胡说。”

“沙世子，你认识她吗？”

“不认识，我也是第一次跟她说话。呀，好可爱的女孩，是我喜欢的类型。怎么以前都没见过她？”

“那，她有说要干吗吗？”

“不清楚，只说放学后再谈。”

雅子和容子面面相觑。看来她们还没讲到重点。

第三节课的上课铃声响起，同学们纷纷回到座位。

（她真的好可爱哦。）

沙世子回想起佐野美香子的表情。

说不知道她的目的是骗人的。看到美香子那欲言又止、满脸娇羞的模样，她轻易就猜到是怎么一回事了。

是为了关根秋吧？

白皙小巧的脸蛋，额头整个露出来，柔顺的褐色秀发用大发夹固定在太阳穴后面，浅褐色的眉毛，温柔含笑的细长眼睛，纤细的脖子和骨架。

她纤细的身体和可爱的脸蛋展现出无比坚定的决心。

“抱歉打扰你了，我是三班的佐野，有话想跟你说。今天放学后，可以约个时间聊一聊吗？”

她的声音就跟她的人一样，音色柔美，充满女人味。

“好，没问题。”

沙世子二话不说就答应了，一瞬间美香子的表情似乎有点失望。

“谢谢。那，放学后我过来找你？”

“不用了，第六节课下课后我会马上出来，请你在校门口等我。”

“那，就约在门口啰。”

美香子露出松了一口气的表情，向沙世子轻轻点头后回到自己的教室。

像这种看似柔弱的女孩子，其实个性坚强、极为顽固，往往“为达目的，不择手段”。不过，男孩子们真是笨，一碰到这种女孩就马上举双手投降了，开口闭口“我想保护你”。秋碰到这种类型的女生也没辙吧？

沙世子偷偷瞄着正在听课的关根秋。

不过——她打开课本，贼兮兮地笑了。

美，她实在是太美了！简直就像是为此刻量身定作的啊。

佐野美香子在校门口等着沙世子，内心十分不安。

听完自己要说的话后，不知对方会作何反应？会觉得不舒服吗？还是生气？听说她的个性非常豪爽。难道她和关根秋的事，是我自己想多了吗？说不定她会因此瞧不起我……

“让你久等了，我们走吧！”

津村沙世子跑了过来。看到她那灿烂的笑容，美香子的勇气顿时消失了。

“去哪里？吃蛋糕好不好？‘安托瓦努’怎么样？”

“嗯，好啊，我赞成。”

原本主动邀约的美香子这下反而处于被动的一方。

我们今天才第一次讲话，怎么她就能表现得这么亲切?

美香子不敢置信地看着活力十足的沙世子。而且沙世子的亲切一点都不会让人感到不快，她不像有些女孩偎近你后就缠着不放，她是直接冲着你来，让你不由自主地迷上她。个性内向的美香子一下子就被沙世子绽放的光芒吸引了。

一路上，沙世子不着痕迹地问了美香子一堆问题。于是，美香子的个人基本资料，包括她有个大她好几岁的哥哥、每天搭电车从邻近市镇来上学、曾经参加文艺组、喜欢一个人欣赏画作或看书、因为个性内向现在只跟几个初中同学和文艺组的朋友来往……还没走到咖啡店，沙世子就已经打听到这些信息。

“也让我加入你的好友名单吧?”

两人进入咖啡店，来到有花朵装饰的窗边座位坐下后，沙世子冲着美香子嫣然一笑。

“呃，你是开玩笑的吧?”美香子显得不知所措。

其他同学都在热烈谈论她，远看时也确实觉得她很美，可是像这样面对面近距离坐着，才发现她真的好漂亮。津村同学落落大方，充满了知性美——美香子完全被沙世子征服了。

“你不愿意?”

“怎么会?不过，听了接下来我要讲的话，说不定你就不想跟我做朋友了。”美香子吞吞吐吐地回答。

“你想说什么？有那么严重吗？没关系，你尽管说无妨。”沙世子鼓励她继续说下去。

“是有关……关根同学的事。”美香子心一横，说了出来。

突然间，沙世子脸色一暗，就像乌云遮蔽晴朗的天空，这突如其来的转变让美香子的心揪紧了。眼看着沙世子那双乌黑的大眼睛已经蓄满了泪水。

“我……这……”美香子脸色发白，连忙拿出手帕给沙世子。

“抱歉，一时忍不住。是我自己叫你说的，竟然还这样，真丢脸。”沙世子擦拭着眼角苦笑着说。

“唉，看来我还是没有走出来哪。你也是吧？你喜欢关根同学吧？”沙世子看着美香子，轻声说道。

美香子用力点了点头，表情十分认真。

“我以为你和关根同学早就是一对了。”

美香子显得无地自容。该不会是因为我提到秋的事，才害她这么伤心吧？从坐在沙世子对面的那一刻起，美香子就已经把之前对她的恨意、嫉妒和希望她不存在的想法全抛开了。

“没有，也许我们看上去很要好。”沙世子缓缓地摇着头。

“其实我早就被甩了。夏天暑期补习结束的时候，班上同学一起去海边玩，那时我鼓起勇气向他告白，可是失败了，他根本不为所动。你也看到了吧，我生来就是这种大大咧咧的个性，所以他完全没把我视为恋爱对象，只觉得我是个不错的朋友。我大受打击，哭得淅沥哗啦。因为打击太大，连见都不想见到他，所以才没有参加第二学期的开学典礼。不过，我个性本来就好强，也不想一天到晚躲着他，于是我强迫自己像从前一样跟他说话。然而讽刺的是，我这么努力地维持现状，大家竟然开始谣传我们在交往、已经是男女朋友之类的闲言闲语。你应该想象得到我有多伤心吧。”

美香子不假思索地点了点头。就在同情沙世子的瞬间，她也想到，他们并没有交往！关根秋不喜欢沙世子！她的心顿时亮了起来。尽管对沙世子过意不去，她还是忍不住为这发现窃喜。

“不过，最近我总算比较释怀了。既然我们看起来很要好，那就表示至少他并不讨厌我吧。也罢，如果能做无话不谈的好朋友也不错。喂，你要替我保密哦，不能把这件事告诉任何人。那你呢？你是什么时候喜欢上他的？”

美香子毫无保留地说出自己的心意，老实得连自己都觉得惊讶。

她一年级时跟他同班，一起担任班干部，那时就对他产生了好感。分班之后，随着日子的消逝，爱慕反而有增无减，越来越强烈。校庆时只要轮到他在摄影组看摊位，即使不想要的照片她还是会去要，可惜总是没有秋的照片……

“佐野同学外表文静，内心却很热情呢。我才半年就阵亡了，你竟然坚持了三年，真了不起！”沙世子深感佩服地说道。

“哪有，我只会一个人胡思乱想，根本就不敢采取行动。更好笑的是，我听说津村同学跟他很要好，就把你叫出来，对你说了这样的话——我真是太丢人了！”

“没这回事，我懂你的心情。你看，这下误会不是化解了吗？我已经失败了，不过如果是佐野同学，一定没问题的。你要加油哟。”

“连津村同学都不行，那我不是更没指望？”

“才不会，你一定没问题的。虽然这么说有点不甘心，不过如果我是男生，一定会选像你这种让人想保护的女孩子。”

“是这样吗？”

“是的，拿出信心来。如果是佐野同学出马，我绝对支持。”

沙世子握住美香子的手。

在那双眼睛里，已看不到稍早之前还泛着的泪光。

自从那天之后，佐野美香子就频频跑来十班教室找沙世子。

又过了几天，两人竟然连放学都开心地相约回家，形影不离。看到美香子笑嘻嘻地喊着“沙世子”的亲热模样，熟知她素来不太爱搭理人的同学都吓了一跳。

然而，最惊讶的应该还是知道佐野美香子的计划并暗中设法撮合秋和沙世子的那四个人吧。

“喂，现在到底是什么情况啊？”

这天午休，美香子又来找沙世子，看着这两人的容子一副不可置信的表情，咕哝着。

“佐野有那种癖好吗？怎么一下子就转移对象变成津村了？那样

子怎么看都不像是找情敌谈判，反而像是来会男友。”

由纪夫一脸羡慕地看着聊得兴起的两人。

他身旁的雅子最近心情不太好。

“什么嘛，难道沙世子觉得那种做作的女生比我好吗？”

雅子半开玩笑半认真地说道。发牢骚的同时，她想起了某件事。

昨天放学后，美香子又跑来等沙世子。她们像是约好了要一起回家。

“我也要一起回去。”

不高兴的雅子抱着书包摆出一副“我跟定了”的姿态，故意要让沙世子为难。最近她觉得沙世子像是被美香子抢走了，十分不悦。

“别这样，美香子还是个孩子，要是别人也跟来的话，她会闹别扭的。今天你就当我是去哄孩子，放过我吧。”沙世子苦笑着安抚雅子，突然又贴近雅子的耳朵很快地低声道：“我喜欢的人只有雅子。对不起，我也想跟雅子一起回去，请你再忍耐一下。”

雅子还在想这句话是什么意思时，沙世子就已经挥着手跑向美香子了。

再忍耐一下——这是什么意思？沙世子该不会已经看穿了我们的盘算和佐野的计划，所以要先下手为强？唔，果然是沙世子，让人猜不透。

“咦，连花宫也觉得津村比我好吗？”

见由纪夫垂头丧气，像个怨妇一样，容子和雅子忍不住噗哧笑了出来。

“话说回来，最重要的秋怎么不见人影？他在忙些什么？都已经是挤进全国模拟考分数排名前三十的人，不会到现在还偷偷躲着用功吧？”

容子环顾教室四周。确实，随着佐野美香子出现的次数与日俱增，关根秋的身影却越来越难见到。

“是啊，秋那小子最近都跟设乐窝在活动组教室里，不知在忙些什么。可恶，亏我们在这里帮他们想办法，真是的！”由纪夫愤愤不平地埋怨着。

活动组教室的地板是水泥地，室内本来就冷飕飕的，再加上这时已经是十二月上旬，就连白天都让人觉得泥土的寒气透过冻结的地板一丝丝透了上来，冷得不得了。

秋和设乐连着几天午休都窝在少有人出入的活动组教室里，把电源线已经破损的电暖炉摆在脚边，低声讨论着今年小夜子的真相和目的。

秋已经对设乐坦白春天以来发生的事。设乐冷静地听着这一连串难以置信的怪事，并得知津村沙世子这个奇妙的存在。

两人归纳出几个结论。

首先，今年的小夜子是加藤，然而，在九月插花并写下《第六个小夜子》剧本的则另有其人。这位姑且称作“看不见的小夜子”的正牌小夜子到底是谁呢？

接下来的疑点在于，究竟黑川涉入多深？如果说写下《第六个小夜子》剧本的人是黑川，那小夜子的魔咒又该如何解释？

再来，第三个谜是，津村沙世子和这一切有什么样的关联？

最让人琢磨不透的还是津村沙世子。前面两个问题还可以解释为这所学校历史悠久，难免有好事学生穿凿附会、捕风捉影，说他们装神弄鬼也不为过。或者说，已经看过好几年《小夜子》舞台剧的黑川在创作欲的驱使下，亲手写下剧本，这假设也还勉强说得通。然而，津村沙世子的出现完全超出了他们的理解范围。随着津村沙世子的出现，今年小夜子的形象变得暧昧不明。秋和设乐甚至认真讨论过，有没有可能津村沙世子是第二个小夜子投胎转世？（他们立刻否定了这个无稽的假设，因为年龄根本不符）。如果真是那样，所有的谜团就能解开了——设乐不甘心地叹了口气。

虽然两人都没有说出口，但这些问题最终都通往同一个“为什么”，那个不透明的、散发着恶臭的巨大疑问就像大海般横亘在眼前。跟这片汪洋相比，那三个疑问简直就是小水洼。这个“为什么”应该有个正确解答。不断问着“为什么”“为什么”的秋，一一拨开挡在眼前的水草，潜入海底，尽力往前挺进。然而，在暗黑的深海里，却怎样都找不到残缺拼图的一角，找不到令人满意的答案。对自小就是解题高手的他而言，此刻的处境实在难受，所以他才这般投入地想找出真相。

也许在往后的漫长人生里，会遇到数不尽的如此这般没有标准答案的问题，那么此刻在这里不断推敲讨论的我们，不就成了十足的笨蛋吗？

秋自我解嘲。然而，他还是想知道答案。

“喂，设乐，”某日午休，秋忽然想到了什么，“那本校庆执委会的工作手册，借我看看吧！我一直想拜读。”

“现在不行。”

“咦？为什么？”

“它已经被锁在柜子里了。校庆总结报告一完成，工作手册就被锁进柜子里了。柜子钥匙存放在教职员办公室，要等到下届委员会召开时才能拿出来。”

设乐指着摆在房间角落、锈迹斑斑的铁柜。

“在这之前，有没有人把它带出去过？这样的话，就算有外人知道这个传说也不足为奇。”

“你啊，应该知道这本工作手册也受到小夜子的诅咒保护，要是把手册拿给执委会以外的人看，就会落得名落孙山的下场。大家比你想象的要胆小，至少据我所知，应该没人带出去过。”

“真的吗？若是在小夜子的传说闹得人尽皆知的现在也就算了，可是早期应该没有那么夸张吧。我还是想看一看，也许里面也提到了有关吉凶的占卜方法。”

“你趁早死心吧，我可不干。如果你硬是要看，千万别让我知道。钥匙上标示着校庆执行委员会的字样，你自己想办法从教职员办公室弄出来。我也是一个准考生，可不想蹚这浑水。”

“知道啦。”秋缩了缩脖子。

美香子迷上了沙世子。

跟沙世子讲过话之后，她才知道拥有同性朋友的好处。自己的事也好，心上人的事也好，都可以和对方分享，她会乐意倾听，不厌其烦地针对自己的性格和心理做一番透彻的分析，而且，对方还会包容自己的一切。美香子至今不曾交过这么合得来的朋友，她之前的朋友大都跟她一样文静内向，根本不可能像这样推心置腹地交谈，分析彼此的性格。她还是第一次遇到说话这么风趣的朋友，和沙世子聊天让美香子见识大开、耳目一新。

我想肯定是这样。

美香子才不是那种人呢！

我懂。不过，美香子并不是这么想的，对吧？

就这样，沙世子将美香子随口说的话归纳出来，替美香子将自己从没有仔细检视的想法和性格一一摊在眼前。

然而，相对于沙世子诱发出美香子的本性、让她对沙世子毫无保留，沙世子自身却从不向美香子透露任何信息——而美香子完全没有察觉这点。世上经常可见这样的人，只顾着讲自己的事，表面上像是跟很多人沟通，实则不过是以对方为媒介，不断地聊自己。美香子以为沙世子带给她很多东西，对她心存感激，实际上沙世子什么都没做，她不过是成功扮演了媒介的角色，让美香子得以自我陶醉罢了。能够乐意听别人倾吐心中块垒的人，在正值青春期的年轻人中，恐怕很难得一见吧，也难怪美香子会着迷于那种畅所欲言的感觉。此外，还有另一件事，美香子也完全没有发现。她以为沙世子让她看到的自己就是真实的自己，她近乎盲目地信赖沙世子。只要沙世子说“美香子就是这样”，她就认为自己是这样；沙世子说“美香子一定想那么做”，不知不觉中她也以为自己真的想那么做。

“你看，那两人又窝在活动组教室里了。”

这天，两人又结伴倚在图书馆的窗边，远远观察着在活动组教室里的设乐和秋。

“他们每天都在一起做什么呢？”

美香子的手平贴着窗户，目不转睛地望着秋的身影。

“听说他们在调查这所学校流传的恐怖传说。为什么男生会对那种怪事感兴趣呢？”沙世子把脸凑近美香子，在她耳畔低语，“在这紧锣密鼓的阶段，大家都卯足了劲用功，你不觉得现在不是窝在那种地方讨论那种事的时候吗？”沙世子忙着扇风点火。

“是啊，亏人家每天都往十班教室跑，却连他的影子都没见着。”美香子也不满地抱怨起来。

“真是气人，明明有这么可爱的女孩喜欢他，他却不理不睬。喂，美香子，高中生活所剩无几了，你难道不会不甘心，不想跟他说说话吗？”

“是啊，没多少日子了——过完年后，再返校一次，之后就可以自行决定要不要到校——要是有机会能跟他聊聊……”

“你应该找他谈，才不枉费你偷偷把他放在心里这么多年。秋真是笨蛋，竟然迷上那么无聊的事。不行，不行，他那人很顽固，除非眼前的玩具被拿走，否则他才不会察觉女孩子的心思。”

“啊，如果是沙世子的话会怎么做呢？”

想跟他聊聊——想近距离看着他——想让他注意到自己——自己一直偷偷喜欢他，想让他知道后觉得受宠若惊……

美香子已经开始想象和秋聊天散步的情景。

“如果是我，会先放把火烧了那间破教室。”沙世子两手一摊，露出微笑。

“好可怕。”

美香子的脑海中出现自己放火烧活动组教室的画面，笑了出来。划着火柴——点火——燃烧——全部烧了起来——秋茫然地徘徊在火灾后的废墟里——这时我再从他身后走近，他会用什么样的表情转过头来看我呢？到时候，他应该会好好看着我了吧。

“你要连我的份一起加油哦，美香子。一定要让他后悔至今一直对你这么冷淡。”

“这种事，我办得到吗？”和她犹豫的语气相反，美香子的眼神像正在做一场美丽的梦。

“美香子一定行的，没问题！美香子一定办得到！”

沙世子拍了拍美香子的肩膀，一副胜券在握的表情。

“什么？岁末聚餐？”

某天午休。

由纪夫顶着一头乱七八糟的头发，睁大因为睡眠不足而充血的眼睛，看着从前面传来的通知，狠狠揉搓着脸。最近他都强迫自己学习到很晚。

“听说要在沟口家办，要参加的人把名字写上去。”

“沟口家？”

“你不知道吗？沟口家是赫赫有名的日式酒家，那小子可是公子哥呢。”

“啊！十二月二十四号，下午五点开始，报名费两千日元，要带三百日元以内的圣诞礼物来交换。真的吗？有这么多人要参加？”

看到出席者名单，由纪夫吓了一大跳。上面少说也有三十个人。

毕业班学生通常比较有向心力，其中三年十班尤为团结，若说这拜校庆时的“沟口歌声咖啡吧”所赐，也不为过。

第二学期只剩一星期，眼看着沙漏里的沙正一点一滴流失，在校时看到同学都在做最后冲刺，考生心里不免感到焦躁、紧张，但是寒假一到，就得自己一人在家闭门苦读，又令他们十分恐慌。为了驱走那种孤军奋斗的恐慌，各班往往在第二学期的最后一天举办岁末聚餐。

"唐泽，这可是最后的机会了！"容子突然冒出来，在他旁边咬耳朵。

"嗯，你说得没错。"

由纪夫大笔一挥，把关根秋和津村沙世子的名字填进参加者名单里。

"秋，吃夜宵了！"房门外传来母亲温柔的声音。

"谢谢。"

秋从笔记本里抬起头，起身打开房门。娇小的母亲迈着碎步走了进来，将摆着小砂锅和碗的托盘放在旁边的桌上。

"秋，听说明天是入冬以来最冷的一天，别太晚睡，早点休息哦。"母亲担心地说。

虽然身为三个孩子的母亲，她却对现今的升学竞争一点概念都没有。就算有人告诉她秋的成绩很差，考不上大学，她也不觉得有什么大不了。对母亲而言，最难过的是自己的宝贝小儿子即将跟他的哥哥姐姐一样，离家上大学。看到一向无忧无虑、天真烂漫的母亲偶尔露出的落寞神情，秋也不好受。

"嗯，我会早点睡的。"

听着母亲下楼的脚步声，秋坐到桌旁的藤椅上，揭开砂锅盖。是他爱吃的中式鸡粥，母亲一到冬天就常用一整只鸡替他熬煮地道的中式粥。

他把粥盛进小碗里，加了些葱蒜，呼呼地吹凉。隔着蒸气，眼睛不经意地瞄到墙上挂的日历。

已经进入倒计时阶段。

一过年，就只剩升学考试了，然后就是等待放榜。秋也好，设乐也罢，两人暗自决定等第二学期结束，就再也不提小夜子的事了。到头来他们还是什么都无法弄清楚，只能束手无策。虽然每天聚在一起商量，却不知该从何查起，黑川或津村沙世子也没有露出破绽。或者说，要像推理小说的主角那样一步一步追查，逐渐挖掘出真相的情节，难道根本就不可能发生？

第二学期只剩两天，后天就是结业典礼了。

他把剩下的粥全吞进肚子里，打了个饱嗝，再度坐到书桌前。

字写到一半，自动铅笔的笔芯断了，用力按了几下，笔芯还是出不来。

他打开抽屉，打算找支新笔芯装上，突然看到那把形状古怪、锈迹斑驳的大钥匙。

秋停止翻找的动作，目不转睛地盯着钥匙看。

在鬼门关前徘徊的加藤嘱托医生和母亲把这把钥匙交给我。十几年来，这把钥匙在许多人手里辗转流传，如今被收在这抽屉里。

虽然一直不愿承认，不过我也是今年的小夜子吧？虽说今年出现了好几个小夜子，不过，我确实也是其中之一，这是不容否认的事实。

——换句话说，身为小夜子的我可以采取任何行动，根本不用有所顾忌。

突然间，这个想法冒了出来，连自己都被这突如其来的念头吓了一跳。

就在这时，楼下电话铃响了。秋猛然回过神来。看样子是母亲接的电话。

“秋！电话。”

秋站起身。是谁呢？由纪夫吗？

他打开房门，顺便端起吃光的夜宵空碗，咚咚地走下楼梯。

“是谁打来的？”

秋从母亲手里接过听筒，问道。

“是个女孩子，她说她姓佐野。”

“我以为心脏要停了呢！”电话那头，美香子兴奋地大叫。

“那你们约在什么时候？”沙世子用肩膀夹住话筒，边数着围巾的针数问。

“后天，结业典礼那天下午两点约在山下的桥边碰面。”

美香子欣喜若狂。一跟秋通完电话，她连忙打电话向沙世子报告。

“喂，怎么办？要是被拒绝的话……”

美香子的声音突然怯懦起来。一想到秋电话中的冷淡语气，她就觉得很不安。

“你在说什么啊？别担心，不可能的。万一真的这样，也是关根同学的错，”沙世子瞪着眼前的墙壁，以强硬的语气说道，“听好，你绝对不可以退缩。因为你没有错，千万不能输哦。”

沙世子的眼睛闪闪发光。

“也对，电话都已经打了，现在后悔也太迟了。”

听美香子的语气似乎是想开了，沙世子又开始织起围巾。

又说了几句打气的话之后，沙世子才把听筒挂上。

“真是个麻烦的孩子。”

沙世子摊开围巾，仔细检查是否有漏针的地方。

“还差一点就完成了。”沙世子面无表情地喃喃自语。

“秋，你想好要送什么圣诞礼物了吗？”

终于，明天就是结业典礼了，今天是今年最后一次上课。这天早上，由纪夫这么问刚到校的秋。

“礼物？什么礼物？”秋放下书包，反问由纪夫。

“我不是告诉过你了吗？明天班上要举办岁末聚餐啊。”

“聚餐？啊，聚餐——对了！竟然忘了还有聚餐。”

秋突然变得活力十足。当时大家在传阅通知、登记报名聚餐的时候，他不在教室，所以只从由纪夫那里约略听到大概，完全不记得这回事。此刻他心想，岁末聚餐！太好了，这不是现成的借口吗？

“聚餐几点开始？在哪里举行？”

“你这家伙，根本没把人家的话听进去嘛。五点开始，在三之滨的沟口家。”

“五点，三之滨，得搭大巴过去！而且得先去买圣诞礼物！真是棒极了！”

“你高兴个什么劲啊？”

由纪夫不解地看着秋乐不可支的模样。

接到美香子的电话后，秋一直很郁闷。

他猜得出她想说什么，可是一听到她那轻柔羞涩的声音，他就恨不得能赶快逃开。虽然他答应要跟她见面，却一直在想借口好尽快结束谈话，趁早摆脱她，就连今早上学时他都在想这件事。

年底要操心的事已经够多了，他可不想再去招惹这个麻烦。这是秋的真心话。他知道佐野美香子很受男生欢迎，也觉得她很可爱，不过他也有自知之明，这种女孩不适合他。把女孩子当作洋娃娃呵护、服侍，是他最不擅长的事，偏偏佐野美香子似乎又比任何人都需要关爱。秋很想圆满解决这件事，然而面对这样一个纤细、敏感、好像一折就断的女孩子，他没把握能不伤害到对方地拒绝她。

唉，算了，明天再想吧。今天还有非做不可的事。

仿佛要挥开心中的郁闷，秋粗鲁地打开书包。这时，教室的前门开了，佐野美香子探头进来，吓了秋一跳。美香子一看到秋，马上羞红了脸，直往门后面退。

怎么最近好像常看到她——咦，她在跟津村讲话，还很熟络的样子——这两人感情有那么好吗？

秋觉得不太对劲。

这天午休。

设乐和秋不发一语地站在寒冷的活动组教室里。

“结束了，就是这样，”设乐两手一摊，“我们能做的都做了。”

设乐一脸平静地看着秋。

“是啊。今年成功还是失败，就看老天爷怎么安排了。明年就知道结果了，就等着毕业后见分晓吧。”秋轻笑道。

“那我回教室了。”设乐打开门。

“好，新年快乐。这样说应该没错吧？”

“对哦，再见面已经是明年了。新年快乐。”设乐静静地笑了，走了出去。

秋一个人在房间里站了许久，然后缓缓地转头看向上了锁的铁柜。他离开活动组教室，往教职员办公室走去。办公室里，弥漫着老师们抽烟燃起的雾。

后方墙上，有个角落挂着全校所有的钥匙。

“老师，我来借校庆执行委员会室的钥匙。”

“这时候你借钥匙做什么？”

“执行委员借了我的计算机一直没还，再不拿回来就要变成公物了。”

“就当作毕业纪念捐给学校如何？”

“哈哈！”秋笑着在挂在墙上的登记簿上写上班级、姓名、借出时间，然后取下钥匙，黄色的塑料钥匙圈上写着“校庆执行委员会”。

秋来到走廊，进入厕所，他在其中一个隔间拿出口袋里的钥匙。那把钥匙也挂着黄色的塑料钥匙圈，上面也写着“校庆执行委员会”。其实，这是他家储物柜的钥匙。

秋等了一会儿，算准时间，又回到教职员办公室，把他家不锈钢储物柜（用来放竹扫把、橡皮水管和铁铲之类的工具）的钥匙挂回墙上，在登记簿里填上归还时间。

没什么特别的感动，今年——实际上也是高中三年的最后一堂课就这么结束了，学生们安静地离开教室。事情的结束往往出人意料地简单。

沙世子、雅子、由纪夫、容子四人为了买聚餐的礼物，来到车站前的闹市区。千篇一律的圣诞歌曲在街头巷尾传唱着。

“三百日元，三百日元——在这物价高涨的年代，到哪儿去找三百日元的礼物啊？”

沙世子正在杂货店里物色礼品，一旁的雅子对她说道：“沙世子，那条围巾你织好了吧？明天一定要带来哦。”

雅子一直缠着沙世子要她把织好的蓝灰色围巾送给她。

“好啦，我知道了，明天我一定带去。”沙世子嘴里答应着，眼睛却还是直盯着橱窗瞧。

“你不能忘记哟，那可是我的圣诞礼物。如果忘了，要趁聚餐前回去拿哦。”

“好，好，我不会忘记的。你真的喜欢那条老气的围巾啊？”拗不过她的沙世子无奈地答应了。

“是啊，我很喜欢。”雅子固执地强调着。这也是雅子他们计划的一部分。

逛得腿都快断了，好不容易沙世子买到了红袜子，雅子买了绿色塑料杯，容子买了红绿两色的奇异笔。由纪夫始终找不到合意的，最后只好放弃，说：“算了，明天我再和秋来买。”

容子说她和高桥约好了，先走一步；沙世子也说还有事先回家了。

剩下由纪夫和雅子两人漫无目的地在街上闲逛。

“啊，今年也快结束了呢。”雅子感慨。

“今年过得好快啊。”由纪夫也回应她。两人回想起同班以来两人还未正式交往前的日子。

“虽然提早一天，还是给你吧！免得我拿在手里累赘。”雅子将纸袋塞给由纪夫。

“咦，给我的？这是什么，礼物吗？”

“嗯，是我亲手织的，织得不好，怪难为情的，等你回家后再打开来看。"

由纪夫突然停下脚步，目不转睛地盯着纸袋。

"我、我好高兴，"由纪夫的表情像是要哭了，"我会放在枕头边，睡着了也会感动得流泪的。"

"你也太夸张了。"

看到由纪夫感激涕零的样子，雅子心底升起一股甜蜜的暖意，听到他一本正经说出的傻话时，又忍不住笑了。

"明天沙世子真的会把围巾带来吧？我好担心啊。"

一想起沙世子今天心不在焉的模样，雅子敛起了笑容。

"没问题，没问题，一切都会很圆满的。"

由纪夫早把明天的计划抛诸脑后，一个劲地高兴着。

秋进入活动组教室，把门关上。今天其他活动组的活动也将提早结束，他得趁老师巡逻之前，赶紧把东西看完。如果可能，他倒是很想把手册带出去复印一份，如此一来，毕业后他就有"战利品"或"纪念品"了，以后还可以再拿出来回味今年的"战果"。

冬天的太阳很早就下山了，四点刚过，夜色已经悄悄袭来。

还有一两间活动组教室点着灯，天黑之后灯光格外引人注目。

秋把钥匙插进铁柜的钥匙孔里，费了点劲才把柜门打开。一个大红色的东西吓了他一跳，仔细一看，原来是今年校庆前夕挂在校门口的红色晴天娃娃。

“这种东西早该丢了。”秋在嘴里啐骂着，总算松了一口气。

柜子里面比他想象的要空许多，四方形的大海苔罐孤零零地摆着。

是这个吧？秋打开海苔罐的盖子。这时，写着“警告！”两个大字的红色木牌赫然映入眼帘。

这里面放的是校庆执行委员会的工作手册，除执行委员以外，其他人不得翻阅，绝对禁止携带外出，不遵从此警告者一切后果自负。

呀，别吓唬人啊。

读完木牌上的文字后，秋全身发抖。也难怪设乐不敢触犯这禁忌。

牌子底下，一只塑料盒里装着一本又旧又脏的大笔记本。秋觉得自己像是身处考古挖掘现场，挖到贵重的殉葬品一般。

笔记本外面虽然包着一层塑料外皮，仍难掩十年岁月的痕迹，本子已经很旧了。

纸张都已经泛黄，贴满了泛褐的透明胶带，装订线已经绽开。这么破了，就算带出去也会马上散了，恐怕是带不出去了吧。

秋轻轻地把笔记本放在桌上，打开来看。

校庆执行委员会实施纲要　执行委员以外禁阅　严禁带出

下笔的力道很重，方方正正的文字像男生的笔迹。秋郑重地翻开书页。

内容比预期的要短得多。

里头完全没有提及小夜子的历史，只简洁地叙述活动应该如何进行，以及视该届小夜子的实际作为应该采取什么样的行动。光凭这么点提示，就能令执行委员全心全意地执行这个活动吗？秋无法相信。

也就是说，剩下的部分都是靠校园内的口耳相传？

秋再度对“小夜子传说”的威力感到愕然，想到这个传说竟然有办法让后人小心翼翼地守着这本写得乱七八糟的破本子，心里涌起一阵不快的感觉。虽然我自己也是被“小夜子传说”的魅力吸引的人之一，可是，到底是什么能操纵学生到这种地步呢？

难道，小夜子真的存在吗？

秋感到一阵晕眩，好像自己正逐渐缩小。

应该也有人有过同样的疑问吧？在这间老旧狭小的教室里，也有人曾经读着这本手册，想着同样的问题，那人也察觉到自己正和某人做着相同的事，自己只是重复着早被设定好的动作而已。正因为存在着像我这样胡思乱想、东查西探的第三者，小夜子的活动才能延续那么多年，不是吗？如此一来，学校这个封闭的世界才能永不止息地运转下去……

那一瞬间，秋像是明白了什么。不过他的注意力再次回到手册上面。

翻到最后一页，他发现上面写着“附记”二字。

只有这页的字迹不一样，是漂亮的女性化字体。秋读了起来。

……千万不可大意。成为小夜子的人是孤独的，将受到恐惧和不安的折磨。千万不可忘记，成为小夜子的人是神圣的，同时也是禁忌的存在。成为小夜子的人若寻求他人协助，或是提早曝光自己身为小夜子的身份，将使魔法消失。这样的事，大家务必阻止它发生才行。此外，更须提防戒备的是邪恶的第三者的介入。

秋心里一突。

邪恶第三者的介入。不正是指今年的情况吗？

设乐应该看过这本手册，他怎么没告诉我？

会有很多人来招惹孤独而又不安的小夜子。必须防范这些人的介入于未然。因为第三者的介入将彻底把小夜子对我们，以及小夜子对学生的模式破坏。一旦这种模式遭到破坏，整个活动将失去原本的意义，这一年的小夜子将既非成功也非失败，而是完全无效。

无效！

这两个字醒目地跃入秋的眼里。既非成功，也非失败。无效——是什么意思？然后呢？

就在这个时候——

秋吓了一跳。

他身后，门的另一边，似乎传来轻微响声。

突然间，一切都静止了，房间里的空气仿佛噗的一声膨胀开来。

秋无法动弹。

他猛然看向窗外，其他活动组教室的灯都已经熄了，阴暗的玻璃窗上映出自己惊惧的脸孔。这间活动组教室、这块土地上只剩下我一个人，而门后确实有人站着。不，不是自己神经过敏，确实有人屏住呼吸一动也不动地站在那里。对方为什么不出声？秋不敢回头看，他死命瞪着反射出身后的门的玻璃窗，全身起了鸡皮疙瘩。那是谁？他像冻结似的无法动弹。

"谁？"他猛然出声。

很意外，声音没有想象中颤抖，不过他还是不敢回头，他凝视着玻璃窗。吱呀一声，映在玻璃窗上的门正拉开一条细缝，狭小的门缝中透出来的是漆黑的夜色。

秋忍不住回头。他抓住桌沿，用力得手都发疼了，望着微开的门。

门慢慢地开启，外头的夜色露出更多，黑暗中冒出一个人影。

香烟袅袅的烟雾，似曾相识的眼镜，粗花呢格子纹的西装。

“老师！”

黑川像铜像似的静静地抽着烟。

“干吗？你怎么一副看到鬼的模样，嗯？”

黑川以一贯的步调慢条斯理地走进来，关上门，坐在靠近入口的长椅上。

如果来的是其他人，不管来的是谁，他都不会像现在这么害怕吧。秋的脑海里，“邪恶的第三者”几个字正嗡嗡作响。难道全是黑川干的——秋连话都答不上来了。我们两人单独待在这封闭的空间里，就只有我和黑川两人。他刚才那种类似眩晕的感觉又回来了。

对于打开的柜子、摊在桌上的手册，黑川看都不看一眼。他只是慢条斯理地抽着烟，像在闲话家常般喃喃自语。

“话说回来，你们家三个孩子还真像。不管是个性、行动、所作所为都一模一样。好奇心都很强啊。”

“是吗？”秋好不容易回答了一句。

看样子黑川早就看穿秋拿走钥匙、擅自打开铁柜的门，却装作一无所知。秋稍微喘了口气，恢复几分镇定，快速跳动的心脏却还是平静不下来。

“这十年来，我看过太多学生了。”黑川吐出一口烟，专注地看着烟雾消散。

微黑的脸孔，粗浓的眉毛，深刻的皱纹，感情不外露的小眼睛。对于黑川，我了解多少？我什么都不知道。我一无所知……

“十年都待在同一所学校是怎样的感觉？我实在无法想象。”秋总算恢复正常了，他脱口问出堵在胸口的疑问。

“嗯。”黑川点了下头，开始絮絮叨叨地说起来。他竟然会用这么长的一段话解释自己的想法，仔细一想，这可是从来没有的事。

“也就是说，学校好比正在旋转的陀螺，总是身处同样的位置，直挺挺地站着，不停地转动。而你们这些学生就是拽绳子的人，你们必须努力维持陀螺转动，让它不会因失去速度而倒下来。然后，绳子会一代一代传下去，继续由其他学生来打陀螺。虽然陀螺始终是同一个，不过，拽绳子、打陀螺的人却会一直改变。而我在这里面扮演着怎样的角色呢？我得拼命盯着陀螺，看它有没有东倒西歪，有没有按照一定的速度运转。陀螺这种东西很麻烦，速度不够，转不起来；速度突然加快，位置又会偏移。我呢，一会儿得阻拦你们，转得太快了哟。一会儿得激励你们，喂，有点慢，已经在晃了，再这样下去要倒了。这就是我的工作。而陀螺转动的方式，则取决于各校的校风和传统。这所学校真的转得很不错。不用交代大家就顺利地把绳子传承下去，陀螺总是漂亮地旋转着，不会太快，也不至于太慢。每所学校的陀螺都不一样，有的会跑来跑去，有的跌跌撞撞，也有那种一倒下就再也起不来的。我希望这所学校的陀螺能一直像这样漂亮地转下去。”

黑川吐出好大一口烟。

秋目不转睛地看着黑川。

秋努力体会出黑川话里的含意，却猜不出他的真实意图。该怎么解读才对？该怎么回答才好？用偷来的钥匙打开铁柜，从里面拿出来的战利品正摆在眼前，施罚者和受罚者却都绝口不提，反而进行着这样莫名其妙的对话。

这场面真是诡异。秋不知该找怎样的借口搪塞，只好暂且顺着黑川的话说："陀螺？我们有这么危险吗？"

"对。不过，转得很漂亮的陀螺会越来越有力，就算从外面飞进一颗石子，也能把石子弹开，不受影响。"

黑川从口袋里拿出一只空的小糖果罐，打开盖子，捻熄香烟，把烟蒂放进去，再压紧盖子起身。秋愣愣地盯着那只罐子。

"该回去了，天已经全黑了。坂口老师就要开始巡逻了。"

黑川像进来的时候一样，悠悠哉哉地走了出去。

就这样结束了吗？

秋的肩膀顿时放松，在原地伫立良久。什么事都没发生。

方才历经的恐怖已经完全消失，但是那恐怖也把身体残余的能量一起带走了。

他已经没有力气再把手册翻一遍，也不想带走它了。

秋原封不动地把手册放回柜子里，关上门，上了锁。

他被强烈的挫败感击垮，逃命似的离开学校。

结业典礼当天风和日丽。

“沙世子，东西带了吗？”雅子一见到沙世子劈头就问。

沙世子的眼睛瞪得大大的，没说话。

“我忘了。”沙世子嗫嚅地说。

“真是的，亏我交代了那么多遍，你还是忘了，好过分。”

“对不起，昨晚睡前我还记得的，特地包装好了才去睡……雅子，对不起，我待会儿就回去拿。”沙世子慌了手脚，对着生气的雅子苦苦哀求。

“花宫在生什么气啊？”秋讶异地看着她们两人。

“你说呢？喂，秋，你看。”

不断傻笑的由纪夫用手指戳着秋，掀开自己的校服给他看。

在立领外套下还穿这么多想必很难受吧。由纪夫在衬衫外面，套了件图案精致的深棕色手织毛衣。

“怎么了？”

“嘿嘿，是花宫亲手为我织的。我高兴得昨晚都睡不着觉。”

由纪夫有些痴狂，一副心花怒放的样子。

“你这小子还真叫人羡慕！”秋感慨地盯着由纪夫的脸。

“是吧？是吧？”

由纪夫似乎没听出秋话里的讥讽之意。

结业典礼如常结束，在一片闹哄哄中，学期末的最后一次班会也结束了。此时的黑川看起来不过只是个普通教师而已。

“大家可千万小心别感冒呀，否则就前功尽弃了。”

“请等一下！”沟口突然冲了出来，站到黑川身旁。

“各位，今天的班级聚餐，黑川老师因为有事不能参加，不过，他赞助了我们一笔经费，在此谨向各位报告，并对老师表示感谢之意。老师，谢谢您！”

“哇——”学生们齐声欢呼，喝彩声、拍手声不绝于耳。

“行了，行了，”黑川尴尬地摆了摆手，“聚餐是很不错，不过可别玩过头了。现在正值宴会旺季，沟口家也很忙，请各位千万别给其他客人添麻烦。好，解散！”

学生们纷纷从椅子上站起来，嘈杂兴奋的声音弥漫整间教室。

秋和由纪夫、沙世子、雅子来到晴朗无云、暖洋洋的街上吃午饭。四人已经很久没有一起行动了。

“是四点在公交站集合吧？”

“大家约好要搭四点二十分的车。”

沙世子和雅子一边吃着意大利面，一边确认着时间。

“由纪夫，把自行车借给我，我得回家一趟。”沙世子难为情地拜托由纪夫。

“没问题，给。”由纪夫把钥匙交给沙世子。

“我跟你一起回去。我不放心，总觉得这次你会把围巾掉在马路上或水沟里。”雅子斜睨着沙世子。

“啧，你根本就不信任我嘛。知道了，我们一起去吧！”

“秋，我们得去买礼物。”

“好啊。不过两点我得先去一个地方，三十分钟之内就回来，你可以先去‘碧阳卡’等我吗？”

“没问题。不过，你要去哪里？”

四人走出餐厅，就此分手，各忙各的去了。

秋踏着沉重的步伐，朝和美香子约定的地点走去。天空万里无云，空气暖洋洋的，恰恰与他此刻的心情形成对比。

看到站在桥头的美香子，秋有些后悔选在这里见面。她一个人孤零零地站在那里，远远望过去十分醒目。不过，他又没有勇气跟她坐在咖啡店里谈，总之，他希望能尽快解决这件事。

美香子似乎也认出秋来。秋发现她看到自己后虽然有些胆怯，整张脸却亮了起来，这让秋的心情更加沉重。拜托，可不可以不要表现得这么高兴？

“抱歉，等很久了吗？”秋强打起精神，若无其事地问。

“没有。不好意思，突然约你出来。”

“这里好吵。我们去那边谈吧？”

秋对美香子提议，开始走下通往河岸的石阶。他想河岸那边比较安静，方便说话，谁知才下了几级石阶，脑海里突然蹦出夏天那个鲜血四溅的场面，让他顿时停下脚步。

秋拼命把那幅景象赶出脑海，慢吞吞地走了下去，环顾着河岸四周。当然，会让人回忆起那幕惨剧的痕迹早已不复存在。

“你要跟我说什么事?”秋冷静地问。

“请问……”美香子显得有些犹豫，不过终究鼓起了勇气，抬头看着秋，“关根同学，你有喜欢的人吗?”

“没有。”

“希望你能跟我交往。我从一年级开始就很喜欢你。”美香子直接告白了。

美香子的表白让秋一时说不出话来。记得听人说过她是个文静内向、容易受伤的女孩子。到底是哪儿来的谣言?

“抱歉。”秋沉着声音回应，始终低着头。

但他知道美香子的脸色变了。

“你在和谁交往吗?”

“没有。”

“那为什么——你讨厌我吗?”

“怎么会?佐野同学这么可爱，换成其他男生，听你这么说，肯定高兴极了。”

秋被美香子的气势压倒，节节败退。

“对不起，我并没有你想的那么好，我只是个无趣的书呆子，现在的我光应付考试就忙不过来，哪有精神谈恋爱。”秋拼命解释。

“骗人!”美香子的表情扭曲，语气尖锐地控诉，“你骗人!那你每天都窝在活动组教室做什么?你一点都不像在用功，一直鬼鬼祟祟地和设乐同学在商量什么，不是吗？”

秋吓了一跳。他万万没想到美香子会说出这样的话来。难道大家都这么注意别人的一举一动吗？一时间，他脑海里冒出的是这个毫不相干的想法。然后，他对突然说出这些话的美香子感到气愤起来。难道我没跟别人交往，就一定得跟你交往吗？

“这跟你没关系。”秋不自觉地语气强硬起来。

“你竟然……”美香子随时都会哭出来，连声音都变了，“反正不是什么正经事吧？我听说了，你们到现在还在调查小夜子的传说，真是太无聊了！还说什么光应付考试就忙不过来，这种话你也……”

美香子的声音越来越大，像在质问秋。眼看着美香子的表情越来越丑陋扭曲，秋有些手足无措，同时，他又想到这些话好像在哪里听过，好像谁曾经说过同样的话——他想起来了，是津村！当他们和设乐一起在操场的时候。

突然间，他仿佛在泫然欲泣的美香子背后看到了津村沙世子的脸。

难道她被津村……

“别说了！”怒火中烧的秋大声喝道。

美香子吓了一跳，不再说话，红肿的眼睛淌下泪来。她看起来是那么脆弱，毫无防备。

“对不起，我不是故意吼你。不过，我真的不能和你交往。肯定还有很多人想跟你交往的。”

秋无法正视美香子，他低着头转过身，苦涩的感觉在嘴里扩散，宛如咬到了沙子。又像有静电游走过全身，他觉得背又麻又痛。

美香子的嘴唇不住地颤抖，眼泪也不擦，定定地望着秋。然而，他根本看也不看自己一眼，大概是知道说不下去了，哇的一声，她用手掩着脸，抱着书包跑开了。

即使美香子走远，听不到她的脚步声了，秋还是一直盯着地面傻傻地愣在原地。这感觉糟透了。

真是最坏的结果！他惹她生气，还把她弄哭了……

美香子伤心欲绝、哭泣的脸在他脑海里盘桓不去。

秋慢吞吞地爬上石阶。

身体像石头一样重，自我嫌恶的情绪随着脚步一波波涌来。

走进“碧阳卡”的秋凝重的脸色吓了由纪夫一跳。秋一向没什么情绪，由纪夫已经很久没看到秋这么不开心了。

“怎么了？发生了什么事？”

“不，没什么。”

“你不想说吗？”由纪夫单刀直入地问。

秋似乎连回答都很痛苦。

“现在不想说，对不起。”他硬挤出声音回答。

“要喝咖啡吗？”

秋点了下头，颓然坐到由纪夫面前的座位，抱着脑袋。

“大叔，一杯综合咖啡。”

由纪夫不再追问，佯装秋不在场，继续做他的习题。

秋握住杯子，温暖双手，慢慢喝完咖啡。等他喝完，由纪夫马上拿起账单结账，两人迅速离开店里。

秋很庆幸有由纪夫等他。在这种情况下，若不是跟他约好了，秋根本没心情参加聚餐。

“没时间了，我们还没买礼物呢！”由纪夫突然想起这件事。

往公交车站走去的途中，两人顺便在沿路的商店里物色礼品，不过始终找不到中意的。

“没办法，就买这个好了。”两人走进公交车站旁的一家店。

三之滨是个风光明媚的海边小镇，附近也有温泉。

三十几名学生浩浩荡荡地走在镇上。“就在那里。”带头的沟口顺手一指，大家一看全吓傻了。

虽然天色昏暗，看不清楚，不过看得出来眼前是一幢大得离谱的宅邸，黑色板墙绵延不尽，长达数米。

印着“沟口”两字的霓虹灯已经点亮，从气派的大门到宽阔的玄关，一路上都铺着刚洒过水的干净碎石子，左右两侧栽种着修剪整齐、悉心照顾的花木。

“哇，这种地方一辈子都不知道能不能来上一次。”由纪夫大声嚷嚷着。

“今天大概是第一次也是最后一次吧。”勉强打起精神的秋应道。

一行人发出不小的声响，毕竟三十几个人同时踩在碎石子路上，这也是没办法的事。不管离得再怎么远，任谁都知道客人已经来到。和服打扮、身材苗条、像是老板娘的女子笑吟吟地站在玄关处。

“我回来了。”沟口精神抖擞地对那名女子说。

“欢迎回来，已经都准备好了。”

“是别馆的雪之间吗？”

“是的。”

“好，各位，都上来吧，跟着我走。”沟口转身招呼同学，简直就像是毕业旅行的领队。

大家不约而同地盯着老板娘看。老板娘是个很适合穿和服的美人。

老板娘笑着自我介绍：“我是祐一的妈妈。我家祐一承蒙大家照顾了。”

“哇！”夸张的惊叫声此起彼伏。

“一点都不像！”

“为什么这样的美人会生出沟口这样的小孩？”

“那小子是抱来的吧？”

“不，说不定是他老爸再娶。”

大家七嘴八舌各自评断，穿过光可鉴人的回廊，来到庭院深处的独立包厢。房间里，坐垫和小餐桌整齐排列着，房间中央装饰着可爱的圣诞树，灯泡亮着，火锅和饮料也准备好了，同学们欢声雷动。

有关沟口的身世之谜，在沟口父亲现身打招呼的那一刻立即解开了。

“呀，犬子平日多亏大家照顾。”

穿着厨师的白色工作服、跪坐在房门口的沟口父亲，不管是魁梧的体格，还是笑眯眯的讨喜脸蛋，跟沟口都像是同一个模子印出来的，除了尺寸大小有别之外。

“还真像！”

沟口父亲离去后，大家忍不住都笑了出来。

“喂，沟口，看样子你妹妹应该是个大美人吧？”

“介绍给我。”几个男生缠着沟口央求。

“我家也不知道怎么回事，四个小孩全像爸爸。”沟口若有所失地说。

听他这么一说，男生们全都闭上嘴巴，乖乖回到座位坐好。

今年的反省啦、明年的抱负啦，大家发表完之后，宴会就开始了，气氛热闹活泼。

然后，众人一边唱歌一边依次传递各自带来的礼物，歌声停止时，大家纷纷拆开传到自己面前的礼物。

有喉糖、护唇膏、底片、糕点，看得出大家都很用心在准备。不过，当巨大的南瓜出现时，众人都笑翻了。

“这是谁买的？自己承认。”

“是我，是我。”由纪夫举起手，大家笑得更大声了。由纪夫和秋最后进了蔬果店，买了南瓜和金橘。

“送这种东西，你想重死我啊？”拿到南瓜的男生忿忿地抱怨道。

“我觉得很好啊，可以用来挡门，明年万圣节也可以用。”由纪夫一本正经地说。

他们偷偷叫了酒，在酒精的推波助澜下，宴会更显热闹，然而秋却显得闷闷不乐。他的目光总是不自觉地飘向津村沙世子，她和往常一样和大家开心地聊着天。看着她光彩动人的笑脸，他又想起佐野美香子哭泣的脸。

竟然怂恿那么文静的女孩子，真是可恶！她到底想干吗？害我这么难受！

秋越想越生气。

包厢里热气蒸腾，大家的脸都红了，一身是汗。看到有人打开窗户，同学们纷纷摇摇晃晃地走向夜晚的海边，从这里走到海边不用五分钟，有人甚至连圣诞树都扛出来了。

“我去上厕所，你们先走。”

看到沙世子离开座位，雅子和由纪夫赶紧拉了秋往海边走去。

狂风吹着，隐约可见学生们聚集在漆黑的沙滩上。海浪声大得吓人，在黑夜中回响着。

顶着猛烈的海风，学生们对着大海喊着我想上哪所大学或是谁是王八蛋之类的话语。

“秋，这个给你。”雅子和由纪夫使了个眼色后，拿出一只纸包。

“这是什么？”秋愣住了。

“是沙世子给你的。沙世子亲手织的围巾。”

“咦？”秋的脸色倏变。

——搞什么鬼？

“沙世子虽然很男孩子气，其实她很害羞，也有不敢说出自己心意的时候。这点你应该也清楚吧？”

雅子冲着他笑，她身旁的由纪夫频频点头。

“津村真的说要把这东西给我吗？”

雅子和由纪夫这时也听出秋声音里的怒意。

“是……是的。”

看到秋生气的模样，雅子有些手足无措。

“津村人呢？”秋的嗓门更大了，“津村她在哪里？”

“雅子。”

这时，后方传来沙世子的声音。雅子和由纪夫还来不及回头，秋已经踢飞脚底的沙子快步朝沙世子走去。

“哇，冷死了！大家还能在这里……你怎么了？”

沙世子看着站在自己面前的秋，露出不解的表情。

“你过来，我有话跟你说。”

“咦？你在生什么气？”

“别装蒜。”

秋抓住沙世子的手腕，拖着她往狂风怒吼的沙滩走去，远离众人的视线。风势很强，吹得人眼睛都眯了起来。

雅子始终把围巾抱在胸前，她望着被吓得手足无措的由纪夫。

“你到底跟佐野说了什么？”秋语气强硬地质问沙世子。风在耳边呼啸，头发遮住了视线。

“我说了什么？”沙世子语气沉着地顶了回去，定定地望着秋。

她的长发迎着海风，白皙的脸庞在黑暗中浮现。

沙世子冷静的声音让秋的怒气爆发。

“你不是让她来问我每天在活动组教室做什么吗？这件事跟你们一点关系都没有！你太卑鄙了，竟然利用佐野，叫她跑来跟我说那种话。”

“你说我做了什么？”

“难道不是你大费周章叫佐野跟我说别再调查小夜子的事吗？我知道你最近常跟她在一起。”

“哼，这有什么好生气的！然后呢？你怎么回答佐野？我看是她有话想跟你说吧？”

秋被问得哑口无言。

“也就是说——你把她甩了？”沙世子一针见血地说出事实。黑夜里，沙世子的大眼睛像月亮一样发着光，慢慢逼近秋。

“佐野确实来找我商量，她说她喜欢你，希望能跟你交往，不知道该怎么办。喜欢谁是她的自由，我总不能说不行吧？就只是这样。你现在只是自责拒绝了佐野，伤了她的心，把怒气发泄在我身上，对吧？”

我辩不过她，秋想。沙世子说得没错，把美香子弄哭确实令他很沮丧。

“不，我才没有……”秋说不出话来。

“你看，说不出话来了吧？想必你一定毫不留情地拒绝了她，因为你最不喜欢人家窥探你的隐私了。偏偏你自己却对死去的女生、不存在的人这么感兴趣，整天查这个查那个。真受不了，为什么聪明的男生都是这副德性？你们到底想要什么？希望其他人怎么做？你何必对我发脾气呢？我只不过是个女孩子，和你同龄的女孩。”

沙世子说到最后也动怒了。为了遏止她即将爆发的怒火，秋呐呐地说：“不，不对。”

“什么不对？”

“津村不是一般的女孩子。”

“为什么？”

“为什么？因为津村拥有钥匙，我说的没错吧？”

沙世子突然僵住了。

她慢慢转过脸来，用充满敌意的眼神瞪着秋。

秋毫不闪躲地直视着她。

狂风猛烈地刮向犹如两座小屏障的两人，几乎要把他们吹走。

“请你回答我，你拥有钥匙，对吧？”秋不死心地追问，字字清晰。

两人一左一右站着，面对着大海好一阵子没有说话，任凭狂风吹着大衣下摆啪啪作响。汹涌的波涛偶尔翻出白色的浪花，除此之外，海面黑得吓人。

轰！什么东西烧了起来，秋和沙世子同时看向火光的方向。

不知是谁点燃了圣诞树。

摇曳的火苗顺着圣诞树往上蹿烧，黑暗中，火星四散飞溅。这景象让人印象深刻，说不出的诡异。

秋盯着沙世子的侧脸，等她回答，就像是石化的王子期盼着解除魔法的咒语。仿佛经过了很长一段时间。

"嗯，的确有。"沙世子依然面向大海，沙哑地呢喃着。

秋长长地吐了口气。

终于，小夜子成为两人的话题。

她的一句话让秋暂时得到满足。津村承认了！

那一刻，秋平复了心情，怒气发泄过后已经烟消云散，而他再也克制不住涌上心头的一连串疑问。

"津村，你就告诉我真相吧！"秋望着沙世子，"我也有钥匙，跟你手上那把应该是一样的，是加藤给我的。不过我很胆小，始终不敢用它。但是，却有人用了那把钥匙，我想知道对方是谁也是人之常情吧。拜托你，不管多么荒诞无稽的故事都无所谓，只要能听津村亲口说出来，我就心满意足了。"

沙世子一瞬间像个老人一样露出历经沧桑的表情，秋看了心里一惊。然而下一秒，沙世子又恢复了她平常冷静的表情。

“为什么大家都这么看得起我呢？”沙世子轻笑道。

沙世子把手深深地插进大衣口袋，缩着肩，低着头，开始踢起脚边的沙子。

秋继续等待。他看得出沙世子一向充满自信的肩膀正逐渐垮下来。

“也罢……我不知道你会不会相信，不过，我就告诉你吧。明天——就约明天。那家叫‘碧阳卡’的店应该会营业吧。老实说，我还没进去过呢，我们就约在那里。两点左右，怎么样？”

“好，我等你。”

快烧光的圣诞树颓然倒在沙滩上。

两人很有默契地肩并着肩，慢慢朝由纪夫他们走去。

佐野美香子回到家后直奔自己的房间，把自己关在里面。

顾不得别人的眼光，一路上她已经大哭了好几回，没想到一个人倒在床上后，干涸的眼睛又源源不绝地泛出新的泪水。她呜咽着，肩膀不住地抖动。

从小娇生惯养、被大家捧在掌心的美香子从来没有觉得这么悲惨过。虽然她曾经毫不留情地拒绝过男孩子，可是自己被拒绝还是头一次。有生以来，她还是头一次动了真情，她多么希望秋能跟以前追求她的男生一样，爱慕着自己。没想到竟然是这样的结果……

美香子觉得好丢脸、好悲惨，恨不得自己能立刻消失。

忧心忡忡的母亲频频过来关心，美香子一句话都不说，只是不断流着泪。

话说回来——美香子用力吸着鼻子，突然想到。

他干吗生气？有什么好生气的？不就是提到活动组教室的事，有必要那么凶吗？有那么了不起吗？过分，莫名其妙地对人家吼。想到这里，新的眼泪又渗了出来。

美香子没有错。

这时，脑海里突然响起这个声音。

错的人是关根同学，你可不能输哦。

同样的声音又再度传来。

黑暗的房间里，美香子的眼睛睁得老大，思考这句话的含意。对饱尝屈辱感和挫折的她而言，这句话不啻上帝的启示。

美香子拼命抓住这个想法。

是啊，我没有错。有问题的人是他。

泪已经干了，美香子觉得自己的心就像冰块一样坚硬，愤怒宛如慢慢冻结的冰块。她怨恨那个拒绝自己的人这么不讲理。

好过分，他有什么资格对我这么说话？

不行，不行，他那人很顽固，除非眼前的玩具被拿走，否则他是不会懂的。

他不懂。必须有人点醒他，否则他永远不会懂。

美香子在黑暗中瞪大了眼睛。

第二天也是晴朗无云的好天气。

美香子睡到中午才起床，眼睛红肿的她走出房间，发现在东京念研究生的哥哥美宪回来了。

“咦，哥，你回来了。什么时候回来的？”

“刚到家。美香，寒假你要准备考试，想必很辛苦吧？我刚赚了点零用钱，我带你出去兜风，中午请你吃顿大餐怎么样？”

美香子猜想，肯定是担心自己的母亲拜托哥哥带她出去散心。美宪与美香子长得很像，大概是年龄相差一大截的关系，美宪很疼爱这个妹妹。

“好啊。美术公园附近开了一家意大利餐厅哦。”

“好，我们就去那里，你赶快去换衣服。”

“好。”

美香子打着哈欠回房去了。

昨晚根本没睡好。她很晚才吃了点东西，泡了澡，本以为哭累了应该很容易睡着，没想到睡着后做了梦。

梦中她看到熊熊燃烧的火焰。

擦，耳边传来有人划火柴的声音，等她意识过来时，火苗已经在黑夜中蔓延开来。她一直盯着火焰，火越烧越大、越烧越猛。

这个梦一再重复。

感觉梦中的火焰仍在脑海里残烧着，头好重，整个人昏沉沉的。

美香子自己也没意识到，她拜托哥哥开车走学校前的那条路。

秋以非常轻松的心情迎接早晨，并且提前到“碧阳卡”赴约。

已经放寒假了，店附近或店里都没什么人。

“秋，你不是开始放寒假了吗？”老板讶异地看着秋走进来。

“嗯，是啊。”

看到秋挑了靠窗的位子坐下，老板说：“原来如此，你跟人有约啊？来一杯综合咖啡好吗？”

“好。”

秋兴奋得连外套都忘了脱，焦躁不安地等待着。

终于能从津村沙世子口中听到真相了。她会怎么说呢？这下小夜子的事总算可以告一段落了。

他觉得自己已经走了好长一段路。

哐的一声，外套口袋里传来金属撞击的声音。掏出来一看，是挂着黄色塑料钥匙圈的钥匙。

（呀，糟了，竟然把这个忘了，得还回去才行。）

秋着急起来。

（三年级的值班老师应该会到校，教职员办公室的门不会关，还有一点时间……）

“大叔，我去学校一趟，马上就回来。待会儿会有一个很漂亮的女生进来，可不可以请她先喝点饮料，等我一下？”

“哦，是秋的女朋友吗？”白发、气质高雅的老板瞪大了眼睛。

“不是，是普通朋友。”秋笑着走出“碧阳卡”。

“哥，我想去买杂志。你可不可以在车站后面的停车场停一下？”

“唔，好啊。那我也去车站那儿的商场买几张 CD 好了。二十分钟够吗？”

“好。”

从刚才起，美香子就不时地瞥向哥哥放在仪表板上的香烟和打火机。

橘色火焰摇曳的景象。

美香子也不知道自己想做什么。

残留在脑海里的模糊影像一直挥之不去，在影像的驱使下，身体不自觉地动了起来。

哥哥正要倒车进入停车场，趁他把头探出车窗时，美香子赶紧把哥哥的打火机放进口袋里，然而，她自己也不清楚为什么要这样做。

“待会儿见。”和哥哥道别后，她假装往车站前的书店走去，等到哥哥看不见后，她马上改变路线，步上从车站通往学校的捷径。到学校有两个方法，一是爬上长坡道，过桥后从正门进去；一是从车站沿着国道下的河岸直走，再从操场方向爬上鲜有人利用的窄石阶。

美香子像是被附身似的，心无旁骛地朝着河岸那条路大步迈进。

脑袋里不断变换形状的色彩飞来飞去，闹哄哄的。

除非拿走他眼前的玩具。除非拿走他眼前的玩具。除非拿走他眼前的玩具。除非拿走他眼前的玩具。除非拿走他眼前的……

不知不觉中，美香子不断轻声复诵这句话。

她拨开杂草，走上又长又陡的石阶，即使喘得厉害，她仍是没有休息，一口气爬了上去。

在冬日阳光的照射下，破旧不堪、颓圮腐朽的活动组专用的四方形平房映入眼帘。

就在那一瞬间，她清楚意识到自己想做什么、应该怎么做。

沙世子沉着脸走在通往“碧阳卡”的路上。

做梦都想不到，会是在这样的情况下跟秋谈……

昨晚，当她和秋回去时，看到沮丧不已的雅子和由纪夫。

“对不起，沙世子。对不起，都是我们自作聪明。”

雅子哭哭啼啼地招认：围巾是她跟沙世子要来的，然后她再骗秋说是沙世子要送给他的。沙世子和秋听完都感到难以置信。

后来，反倒是沙世子在安慰雅子。结果，那条围巾又回到沙世子手上。现在，正在她的背包里。

哎呀呀，该怎么办才好……

“碧阳卡”小巧美观的招牌映入眼帘。沙世子深吸了一口气，慢慢推开咖啡店的门。

“——咦？”

店里一个客人也没有。

“秋刚才有事出去了。他请你先点饮料喝，等他一下。”柜台里的老板笑眯眯地对沙世子说。

“你和秋同校吗？第一次来我们店里吧？”老板递上菜单问道。

“嗯，因为这里是秋的地盘嘛。他从来没邀请我来过。”

沙世子把菜单递了回去，点了杯奶茶。

“哦，这就怪了。秋带来的朋友里，就数你的气质跟他最像了。”

沙世子吓了一跳。像？我跟他吗？

沙世子喝着饮料，跟老板聊天。

话说回来，他不是很想知道真相吗？怎么还跑出去了？

“大叔，秋到哪里去了？”

“他说去学校。”

“学校？”

沙世子突然有种不好的预感。

真没意思。

要进入门户不严、有没有钥匙都没差别的活动组教室实在太简单了。她只消把散落在桌上的笔记本和漫画堆在一起，再找几个地方点火就行了。

关上门后，她感觉到里面有股力量正蔓延开来，很明显，事情已经大功告成。

事情简单得让美香子不敢相信，她一脸愉悦地后退了两三步，开心地望着眼前的建筑物。

（什么嘛，原来这么简单啊？）

到昨天为止的焦躁不安、患得患失，对秋的苦恋好像全是假的。

美香子想笑。看到这破活动组教室没了，不知秋会有什么反应？有生以来，她第一次这么兴奋、这么期待。世界是她的，此刻的她无所不能。

她跑了出去，打算找一个视野良好的地方，好好欣赏自己的杰作。

秋本来要去办公室还钥匙，却不自觉地往活动组教室走去。

这所学校是建在古城的遗址上，四周都是悬崖。呈“く”字形的校园腹地有几段落差，朝“く”字形的下半部走，地势节节下降。“く”字形的上半部分是校舍，下半部分是操场，中间突出的部分坐落着狭长的活动组教室。每段落差的交界处都种了防风林，所以从校舍完全看不到活动组教室。

因此，直到走下通往操场的坡道、看到活动组教室，秋才发觉异状。

听到劈劈啪啪的声音，闻到烧焦的臭味，秋这才惊觉可能有东西着火了。

当活动组教室的全貌映入眼帘时，秋简直无法相信自己看到的景象。

活动组教室着火了。

秋呆立在原地。浓烟正不断冒出。

得赶快报警，这是秋的第一反应。最近都没下雨，他猛然想起今早还发布了干旱警报。他准备转身就跑，一个突如其来的声音却在他脑袋里回荡着，他停下脚步。

手册就要烧毁了！

犹如晴天霹雳，秋转而跑向校庆执行委员室。

执行委员室还未被烈火吞噬，里面充塞着浓重的烧焦味和黑烟，墙壁隔板后面隐约可见熊熊火光。秋匍匐在地，冲向铁柜，手忙脚乱地插入钥匙。他的眼睛被烟呛得泪水直流，听到玻璃受热裂开的爆裂声，秋硬是打开柜门，将变烫的海苔罐连同手册一起取出。火的声音竟如此暴力、如此可怕，对只见过煤气炉火的秋而言，是始料未及的事。

干燥、老旧的墙壁和天花板一瞬间以惊人的速度燃烧起来。秋连滚带爬地逃到外头，却看到更不可思议的景象。

狗！

十几条体型壮硕的凶猛野狗正发出低吼，包围着他。

秋立刻想到，它们一定就是攻击那群高中生的恶犬。

被烈火和浓烟炙烤着的同时，秋眼前再度浮现出河畔血迹斑斑的景象。

不要！因为恐惧和疼痛而神经错乱的少年，流着眼泪和口水、一脸呆滞的少年，他们的模样在脑海里浮现。听说连手腕都被咬断了！秋感到一阵眩晕。这时，一条狗突然扑了上来，秋挥动手臂反击，手上传来的重量令他心头一惊。以此为暗号，野狗们纷纷对秋展开攻击。秋用海苔罐当武器，用脚踢，用拳头挡，仍是不敌，渐渐被逼到绝境，他逃往被活动组教室围着的小院子里。然而，那里也非安全之地。火的热度烘烤着秋的头脸，百叶箱已成大型火炬，温室开始熔化，缺水的观察池里满是烟灰，已经干涸。眼前，活动组教室已经是一片火海，秋就像站在燃烧的烟囱中央似的。在这生死关头，他竟然还在想跳火圈的狮子大概就是这种心情吧。秋蹲在院子中央，看向唯一的活路，通往外面的小路尽头，目露凶光的恶犬正守在那里。待在这里，不是被呛死就是被烧死，葬身在活动组教室瓦砾堆下只是迟早的事。汗水模糊了视线，手里握着的海苔罐烫得拿不住，掉落在地。罐子哐的一声摔在地上，盖子松脱，手册掉了出来。这时，砰的爆炸声传来，附近的窗子整扇被炸开，爆炸的威力将秋横扫在地。八成是物理化学组的药品被点着了。趴在地上的秋，看着距自己数米远的手册正一寸寸地燃烧，火舌舔过一张张翻开的书页，将它烧成了灰烬。

——完了。

秋很想哭。分不清是汗水还是泪水让他视线模糊。那一瞬间，在烧毁的墙板后面，他似乎看到了幻影。

有人站在位置较高的校舍屋顶上。是错觉吗？不，确实有人站在那里。

隔着弥漫蒸腾的热气和烟雾，只见一名少女站在那里。意识蒙眬中，秋好像看到那女孩在笑。怎么会这样？

原来如此，那是第二个小夜子吧。

他突然懂了。

原来如此，我知道了。津村是为了阻止小夜子而来的。

瞬间，他觉得自己全明白了。

然后，会开始对这所学校生气。就因为转学到这里，就因为跟那种无聊活动沾上边，才会弄成这种下场。沙世子的这段话在脑海里响起。

原来如此，她是为了终结这一切，为了替小夜子画上休止符而来的。我终于懂了，津村。

秋趴在地上，在心里对沙世子说。

沙世子十万火急地跑上通往学校的坡道。

突然间，她瞥见某个蓝色人影穿梭在树林里。

沙世子立刻知道那是美香子。她看见细细往上冒的烟，明白有事发生了。

她竟然这么快就行动了！

沙世子啧了一声。虽然知道美香子可能会这么做，却想不到事情竟来得这么快。

沙世子脸色发白，继续跑着。来到校门旁，看到电话亭，毫不犹豫地打了 119 报警，接着飞快地跑向活动组教室。

迎接她的是可怕的爆裂声。沙世子看见熊熊燃烧的活动组教室，看到聚集在附近的野狗，她确信秋就在里面。

求知欲旺盛、喜欢观察别人的他，那带点嘲讽的笑容，有着美好未来和无限可能的光明人生就要中断。幕布突然拉下，他消失了，有人为他立了石碑，上面写着："关根秋，享年十八岁。"他优秀的头脑、柔软的身体、好奇的目光，将全部被烧光，什么也不剩。

"不！"沙世子大叫道。

她脸色大变，冲到最近的洗手台，试图将水管套到水龙头上，谁知水管受热硬化，套不进去，沙世子急坏了。终于，水管成功套上了，她将水开到最大，等待水送到水管尽头的这段时间，沙世子以为自己就要发疯了。

"走开！快走开！"

水管的强大水压让沙世子皱起眉头，她驱赶着野狗，狩猎被打断的野狗对沙世子发出低吼。

"赶快走开！"

沙世子厉声命令。然而野狗目露凶光，露出利齿，瞪着沙世子。怎么会这样？沙世子焦急不已。野狗们一心只想捕获猎物。

"走开！"

沙世子来回甩动水管，用喷出的强力水柱驱赶野狗。

终于，野狗开始散去，沙世子拉起水管，往活动组教室仅存的通道跑去。如果秋还活着，肯定在那里。

“秋！”

火势凶猛无比。

“快出来啊！秋！”

——秋猛然抬起头。

过了多久了？秋惊觉自己失去了意识。脸依旧灼热，好像快烧起来了，烈焰的巨响包围着他。抬起头，他发现通道那头有谁正看着自己。

咦，是津村。她是来给我补上最后一刀的吗？

仔细凝视她的身影，好像又不是那么回事。

沙世子跪在地上，向这边张望，叫着他的名字，手上拿着不断冒水的水管。沙世子的裙子都湿了，那惊慌失措、泫然欲泣的表情突然放大跃入他的眼帘。那是秋至今为止所见过的最美的沙世子。

美人惊慌失措的样子挺好看的嘛。

秋迷迷糊糊的脑袋瓜胡思乱想着，摇摇晃晃地脱下外套，盖在头上，开始往前爬。倒塌的木材碎片、屋顶的破瓦，毫不留情地落下来。

狭窄的通道已经被崩塌的天花板挡住，几乎没有空隙可通过。秋挣扎着站起来，两手护住脸，使出最后一点力气冲出火场。

当秋全身着火冲出来时，沙世子简直吓坏了，不过她随即注意到着火的是盖在他身上的外套，一颗心才放了下来。秋丢下外套，发现背上的衬衫也着火了，慌忙倒在地上打滚，沙世子则拉过水管朝他身上冲水。

背上的火终于熄灭，秋和沙世子气喘吁吁地瘫坐在地。

远方传来刺耳的汽笛声，几辆消防车正赶过来。

这时，又传来砰的一声巨响，两人吓得发抖。活动组教室整个崩塌，变成了一片瓦砾。

“秋，你的背！”

沙世子瞥见秋烧焦的衬衫，惊骇得差点叫出声来，她手捂着嘴，好不容易才忍住尖叫，谁知斗大的泪珠还是不争气地滚落，终于沙世子放声大哭。她抽噎地哭着，爬到秋身边，拿起水管替他冲背。秋痛得浑身发抖，烧伤的皮肤好像跟衬衫黏在了一起。

“屋顶上有人。”

秋已经分不清楚是热、是冷，还是痛。

“闭嘴！”沙世子边哭边吼。

下一刻，她着魔似的抬起头。

沙世子打了个寒战，她隐约看到屋顶上有个女孩，对方穿着水手服，长发飘逸——她努力睁大眼睛，可惜那人的身影被不断窜出的浓烟遮蔽。

——怎么回事？那人是谁？

沙世子用混乱的头脑思考着，颤抖着从地上的书包里拿出蓝灰色围巾，垫在秋的头下。秋感觉到一种温暖的触感，安心地闭上眼睛。不知为何眼底竟出现昨晚燃烧的圣诞树，那火焰是如此美丽。

“手册烧了，”秋喃喃说道，“我都抢救出来了，却眼睁睁看着它烧了。”

“秋，算了吧。”

沙世子揉着眼睛，继续朝秋灼伤的背冲水。

——手册烧了，一切已经结束，所以，你可以原谅我们了吧？可以了吧？

秋隐约听见有人在四周走动喧哗，同时，他也在心里跟屋顶上的人影对话。

火灾引起的骚动已经平息。十二月三十日下午。

三年级的班主任们今天也要到校。教职员办公室里，弥漫着疲惫的空气和香烟的烟雾。

“听说是电线走火造成的。”

“老早就在担心电线走火的可能，已经申请了好几年要求尽快改建活动组教室，这次县政府也吓到了，听说明年很快就会把预算拨下来。”

老师们七嘴八舌地闲聊着。

黑川正盯着电子打字机的屏幕。

“打印”画面出现了，他点击了“执行”键。

叽——电子打字机延迟了几秒，将屏幕上的文字打印出来。

“怎么样？黑川老师，打字进步了吗？”数学老师月冈笑嘻嘻地凑了上来。

“呀，不知怎么回事，总觉得好累啊。越累打错的字就越多，错字一多，人也跟着焦虑起来，实在是有害心理健康啊。”

黑川捶着肩膀。

月冈哈哈大笑，探头探脑地端详着电子打字机。

“这台电子打字机真不错。是多少钱买的？”

“呀，说到这个，”黑川点了支烟，“你知道我们班的津村吧？她父亲是电器制造商的营业部长，很爱买电子打字机，经常买新机型替换，家里一堆电子打字机很伤脑筋，津村便跑来问我愿不愿意买一台。津村说因为是旧的，价钱不计较，所以给了我很便宜的价钱。”

“咦，竟然有这么好的事！”

黑川吸了一大口烟，一口气吐出。

白烟缓缓朝天花板飘去。

隔着烟，黑川看着电子打字机的屏幕，愣愣地想着收在抽屉里的皮袋。那只已经褪成焦糖色的旧皮袋里，放着几把一模一样的钥匙。没错，就是那只花瓶所在橱柜的钥匙。

他回想起这漫长的岁月。一届届来来去去的学生，像万花筒般光彩耀眼的各种表情。青春洋溢的光芒让他深受吸引，或许对学生而言，这也是他们一生中最美好的季节吧。他目不转睛地看着他们。偶尔他会一时兴起将想法付诸行动，他这样做并没有什么深意。朝小溪流里丢一块石头或插一根竹竿，让河面产生涟漪，流向也会稍作改变，朝不同的河岸冲去——就跟看到清澈的水会忍不住把手伸进去的道理一样。他只不过是做了点小事（比方说，将私下打造的橱柜钥匙送给某人），让水的流向改变，守在一旁观看水流变化而已——他心满意足地看着美丽的旋涡和可爱的涟漪。虽说自己对水流动了点手脚，川流不息的水还是会继续流淌，总有一天又将恢复原状。

第五章

又是春天

又是春天

毕业典礼前三天，秋收到加藤寄来的快递。

打开一看，里面有另一只信封，上面的收件人是加藤。

信封里有一封信，凌乱的字迹郑重其事地写着小夜子的缘起和变革，以及必须做的事，此外还有一张注明公历并画上圆圈的纸。

原来如此，这就是传说中的信吧？加藤那家伙也未免太一板一眼了。

——怎么办？

秋感到迷惘。他把信扔在桌上，双手枕着头望向天花板。

挂在墙上的校服和蓝灰色围巾映入眼帘。后来，那条围巾还是属于秋了。

很幸运，他不用住院。

他枕着沙世子的围巾被送进了医院。背部的灼伤面积比想象中小，再加上沙世子慌忙中的急救措施奏效，让他免受植皮之苦。

深夜时分，脑袋和手上缠着层层绷带，带着一堆抗生素和药膏和母亲回到家，却看到父亲将母亲买来的圣诞蛋糕切了一大块，正在大快朵颐。

儿子都受重伤了，你竟然还有心情吃蛋糕！母亲生气地抗议，却还是巴巴地进厨房泡茶。

“怎么样，秋？‘客人’也会发火吧？”父亲舔着手上沾到的巧克力问道。

“嗯，好像是这样。不过，‘客人’其实不是真正的‘客人’。严格说起来，我们才是‘客人’。”

“什么？”

“我已经明白了。对远道而来的访客来说，我们才是‘充满恶意的客人’吧。”

父亲塞了一嘴蛋糕，没再追问。

过完年后，秋戴着沙世子的围巾到校，由纪夫和雅子马上就注意到了，却什么都没说。沙世子也没说什么。

由纪夫他们以为是秋和沙世子的感情突飞猛进，事实上，两人从新年到现在几乎没讲过话，彼此也不觉得有这个必要。

尽管如此，秋还是每天戴着沙世子的围巾上学，连应考时也戴着，把它当成护身符似的。

“碧阳卡”的老板很期待能看到两人一起来店里，然而这个愿望还没实现，他们就要毕业了。

光阴似箭，一转眼，一月和二月过去了。

秋怔怔地盯着桌上的信封。

——唉，算了。反正把石子丢进池子的人，又不需要把石子捡回来。我不负责后果。

秋到一楼跟母亲要了一只白信封，将小夜子的交接信放进去。纸上列的公历只到去年为止，所以他又添上了今年的数字。

接下来，就剩钥匙了。

打开抽屉，秋吓了一跳，钥匙不见了。奇怪！明明寒假前还在的。

可能是在年终大扫除时弄丢了。

秋脸色发白，完全想不起来将钥匙收到了哪里。

他把所有抽屉全部拉出来，放在地板上仔细翻找。

小型推土机正在平整地面，准备重建花坛。

新的活动组教室已经落成。虽然只是毫无特色的两层楼组合式建筑，却可以多容纳几个活动组，总共有二十四间。

设乐目不转睛地看着工作中的推土机，慢条斯理地走进崭新的活动组办公室。因为接下来才要决定房间如何分配，每个房间的门牌都还是空白的。

走廊也好，墙壁也罢，都是一片雪白，新建筑的味道十分呛鼻。

看到尽头的那个房间，设乐心里不禁咦了一声。

校庆执行委员会

只有那个房间的门牌已经填上了名字。

设乐打开门走进去。里面虽然只摆着长椅、桌子和铁柜，却让人觉得一应俱全。从窗户射进充沛的阳光，房里非常温暖。

哇，这下夏天肯定很热吧。真可怜。

设乐皱起眉头，下意识地打开铁柜。

此时，出现了似曾相识的画面。

柜子里，放着一只四方形饼干罐。

设乐不敢相信自己的眼睛。他缓缓伸出颤抖的手，拿出饼干罐，打开盖子。

校庆执行委员会实施纲要

是那本手册。漆黑的文字是用打字机重新打的，设乐取出手册，两手捧着。不管哪一页，上方都拖着一条四厘米长的细线。突然间，设乐看不见手册上的字了。

高中三年的岁月一口气逆流回自己的身体。

穿着崭新的校服穿过樱花树下，在校园里奔跑；朋友的欢叫声，一再重复相同话语的老师，阴暗的走廊，闷热的执行委员办公室；课桌上的刻痕涂鸦，从树叶空隙洒进来的阳光，生锈的水龙头，盒装咖啡，樱花树下，阴暗的活动组办公室，炎热的夏天，寒冷的走廊，然后又是樱花——他感觉自己置身在巨大的转轮里面。

设乐无比怀念地紧握住那本手册，在原地伫立良久。

毕业典礼顺利结束了，此刻毕业生们正列队步出礼堂。没想到毕业典礼这么简单就结束了！毕业生们表情茫然，就像纯真的孩童。

二年级学生排成一列等在礼堂出口，准备向走出来的毕业生献花。礼堂内响起连绵不绝的掌声。

秋焦躁不安地走着，实在提不起劲参加毕业典礼。

他终究没能找到那把钥匙。

难道这是将执行委员办公室的钥匙调包的报应？

他想尽各种办法。虽然想过要用放置花瓶的橱柜钥匙孔作模板，重新打造一把，但是没有时间了。而且，现在跑去那里未免太引人注意。

他也想过要拜托沙世子“把你脖子上戴的那把钥匙借给我”，却怎样都开不了口。

唉！真该死！手册没了，钥匙也不见了，该怎么办才好？终结小夜子的光荣使命难道真要落在我身上吗？

六班已经走了出去。

在掌声如雷的礼堂里，津村沙世子慢慢走过中央走道，心不在焉地想起很多事。

最先想到的——是高中二年级冬季，在神户收到那封信那天。

父亲调职已经确定，沙世子和母亲为了是否要留在神户苦恼不已，因为沙世子就读的 N高中，在全国是数一数二的升学名校。

那时，沙世子收到了一封不可思议的信。

信封背面没有寄件人姓名，却写了父亲即将调往的城市的公立高中校名。里面放着一把旧钥匙和一封长信。

“……听说过这个游戏吗？首先准备几张扑克牌。如果有八个人玩就准备八张。里面要包括一张黑桃J和一张大怪，接着把八张牌盖起来，每人各抽一张……”

那封信里描述的小夜子传说，完全掳获了沙世子的心。她从小就想象力丰富、才华横溢，对于形形色色的冒险故事憧憬不已，能够成为这个跟她同名的校园故事的女主角，对她而言具有莫大的吸引力。从那天起，沙世子就对信中提到的校庆执行委员会手册，以及寄给历代小夜子的交接信十分向往。于是，她决定跟父亲一起搬来这里。

沙世子出神地回想起第一天来到这所学校的事。

挂在自己脖子上的钥匙竟和老旧橱柜的钥匙孔完全吻合，令她兴奋不已，捧着花的加藤逃走时的惊惶表情也是！自己的一举一动竟然引来了种种波澜，她觉得有趣极了。

山坡下的操场就如信上所写，真的有块黑色石碑，当她看到石碑上刻着的第二个小夜子的名字竟跟自己相同时，忍不住笑了。

原来是你在这里呼唤我啊！我懂了，就让我尽情发挥吧！我要成为今年的小夜子。

沙世子想起自己当时自信满满的笑声。

当时，我为何会如此兴致勃勃呢？

如今回首，她已经一点都不兴奋，也不感动。那个屋顶上的人影……

结果，我被第二个小夜子利用了——她尝到苦涩的挫败感。同时，她的心底无法克制地冒出另一个疑问。

莫非，第二个小夜子也是被人叫来的？这个问题开始在她心里清楚成形。

那个也叫津村沙世子的第二个小夜子该不会也跟我一样，是被某人叫来这里的？

到底，是谁呢？

沙世子忍不住四下张望，却只看见不停拍手、一脸稚气的低年级学生。

这一年过得好快啊。

沙世子又陷入沉思。

我到底做了什么？好像做了一场梦似的。

在出口列队欢送的二年级女生发出尖叫，喊着“是津村学姐”。

那一瞬间，沙世子感到怒不可遏。

唉，这些孩子怎么一脸傻乎乎的模样？难道你们不知道我现在多想尖叫，多想痛哭咆哮吗？

我也想啊——我也想一直和大家在一起，也想和邻居小孩——儿时玩伴——度过同样的时光啊。可是，我非走不可了，我得继续前往下一个目的地。

接下来，我要上大学，又是新环境、新朋友、新世界。在那之后，我又要往哪里去呢？

前面的同学收下花，走向三月阳光普照的户外。

沙世子从一个大眼睛的清秀学妹手中接过花束。

“津村学姐，请和我握握手吧。”少女红着脸央求她，声音清脆。

沙世子自己也没意识到，突然将脖子上的钥匙取下，挂在少女的脖子上。

“谢谢，这个送你。”

“咦，可以吗？哇！”少女兴奋地双颊通红。

沙世子放开少女的手，朝外面跨出一步。

外头阳光太过耀眼，她什么都看不见。

由纪夫和雅子走在早春的街道上。

樱花树枝头已经迫不及待地变红了。

两人顺利考上了本地的大学。

“你看中午的新闻了吗？拍到沙世子了。”

“咦？啊，该不会就是今天吧？”

每年的T大发榜日，电视一定都会转播。

雅子无聊地看着电视，突然看到沙世子被人抬起往上抛的画面，吓了一大跳，内心忍不住赞叹：“真不愧是沙世子！”更惊人的是，紧接着被抬起的人竟然是关根秋。

“哇，那两人真有胆量——竟然一起去看发榜？T大耶，他们的心脏之强真叫人望尘莫及。”

“他们可是沙世子和秋呀。”雅子高兴得像是自己考上一样。

“那两人将来会怎么样呢？”由纪夫小声地说。

“秋会成为法官吧。沙世子则是政治家或企业家。”

“有这种朋友真好。”

两个人都笑了。

“结果，我们这一届的成绩到底是好是坏呢？听说每年录取率都由‘小夜子活动’的成败决定。”

“哎，肯定是大吉啦！因为我和花宫考上了同一所学校呀。”

由纪夫说得理所当然，雅子不禁笑了出来。

“说的也是。”

雅子笑着抬头看向身旁的由纪夫。

她看到的已经不再是穿着校服的他，而是一张略显成熟的青年人的侧脸。

那天早晨，他们安静地屏息以待。

春天特有的、透着寒意的柔和阳光忽隐忽现，厚重的云层笼罩在他们头顶，时而低垂，时而投下一道黑影，缓缓飘移着。

这景象很符合大家骚动不安的心情。

从外表看上去，他们是如此苍白、没有色彩，几乎让人以为他们不在呼吸，然而在那瑟缩的皮肤底下，新鲜、温热的血液正奔流着。

在他们脚下，水量略增的河川正不疾不徐地流着。因为这条河的关系，如果从空中往下望，他们看到的是一座由窄桥连接的孤岛。他们一直待在那座孤岛上，那是他们勾勒未来梦想的根据地，是他们的王国。

他们守在那里，等待“她”的出现。

一直以来都是如此，现在也是。

等待着模样不详、姓名不详、未曾谋面的“她”。